2025 제8회 한국과학문학상 수상작품집

2025 제8회 한국과학문학상 수상작품집

창조에진 **최장욱**

햇동쪽 물가에 **이인파**

카나트 **고선아**

.

응:

✦
차례

고선우 카나트　**7**

에세이　고작 인간이라서: 지난여름의 단상들　**37**

이연파 옛 동쪽 물가에　**57**

에세이　2020년대에 일어난 자갈의 도약 진화에 관해　**103**

최장욱 창조엔진　**117**

에세이　미래가 아닌 현재의 초월적 범죄들과 SF의 효능　**173**

2025 제8회 한국과학문학상 심사평　185
김성중·김희선·강지희·인아영

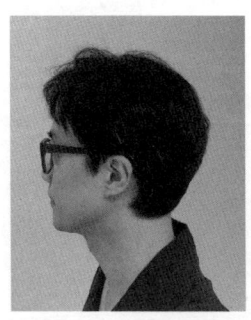

고선우

읽고 쓰는 사람. 제8회 한국과학문학상을 수상했다.

카나트

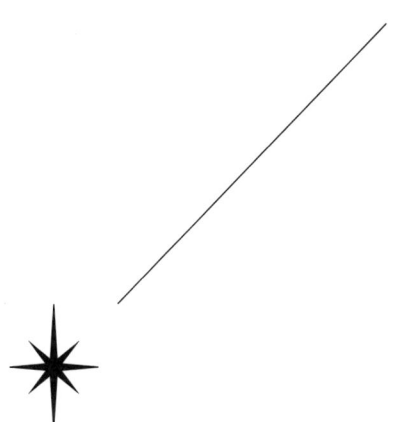

고선우

1

레이먼드 할아버지는 농장의 우물에서 익사했다. 사람들이 건져 낸 할아버지의 입에는 흰 거품이 가득했고 배는 불룩했다. 어떤 남자가 바짝 붙어서 살펴보더니 이미 죽었다고 했다. 폐에 물이 가득 찼다고 했다. 어스름한 저녁인데도 구경꾼이 모여들었다. 물을 마음껏 마시고 죽었으니 호상 아니냐고 누군가 말하자 주변에 있던 사람들이 혀를 찼다. 혼자 남은 손자는 누가 돌보냐며 한 여자가 나를 돌아봤다. "할아버지가 죽은 건 내 탓이 아니에요." 입에서 우물쭈물하던 소리는 목구멍으로 다시 들어갔다. 나는 부들부들 떨며 진 선생님의 손을 꼭 잡았다.

아무도 그날 그곳에 있었던 나를 나무라지는 않았다. 진 선생님의 제안으로 다음 날 학교에서는 추모식이 열렸고, 모두 날 바라보며 걱정스러운 표정을 지었다. 스물아홉 명의 전교생이 줄을 서서 한 명씩 나를 안아주는 동안 나는 운동장 가운데 서 있었다.

농장은 도시 외곽의 3구역에 있었다. 뢰히트 고산지대부터 사막의 지하까지 수십 킬로미터를 연결한 지하

수로인 카나트^{qanat}가 도시에 가장 가까이 닿은 곳이었다. 그곳에서 도시로 물을 공급했다. 카나트 위에 형성된 농장에서는 경작을 하고 가축을 키웠고, 생산된 농작물과 축산물은 도시 상류층의 식탁에 올랐다. 도시와 도시 밖의 세상은 오랫동안 철저히 분리되어 왔다. 모든 자원과 인력은 도시 밖에서 도시를 향해 모여들었고, 도시가 발전할수록 도시 밖의 문명은 소멸했다. 지금은 사람이 거의 살지 않지만, 그때만 해도 3구역엔 빈민층이 모여 살았고 대부분 농장에서 일했다. 농장이 그들의 생명 줄이었다.

레이먼드 할아버지는 카나트 노동자를 자원했던 열일곱 살부터 생의 마지막 순간까지 그곳에서 일했다. 할머니를 만나 가정을 꾸렸을 때도, 사고로 할머니를 잃고 엄마를 혼자 키울 때도 하루도 빠짐없이 농장으로 출근했다. 도시의 대학에 갔던 엄마가 임신한 채로 나타난 날에도, 내가 태어나고 탈수로 엄마의 숨이 멎었던 날에도 할아버지는 일을 멈추지 않았다고 한다. 할아버지는 노동의 대가로 사람이 살 수 있다고 말했다. 물은 생명이라고 했다.

학교에서 배운 '노동자 계층을 위한 역사'에서 선생님이 가장 강조했던 건 여러 세기에 걸쳐 반복되었던 혁명과 투쟁 뒤에도 결국 순응한 자들만이 살아남았다는 교훈이다. 역사는 되풀이되었다. 인류의 90퍼센트가 사라졌던 그날에도 살아남은 건 그런 부류의 사람들이었다. 자본과 권력의 편에 섰던 노동자, 그에 맞서지 않고 길들여진 사람들. 딱 할아버지의 삶이 그랬다. 일을 마치고 돌아오는 할아버지의 한 손에는 마실 물이, 다른 손에는 먹을 음식이 있었다. 그 이상을 쥘 손이 없기에 더 많은 걸 꿈꾸지 않아야 했다.

할아버지를 따라 처음 농장에 갔던 순간이 기억난다. 온통 회색빛 공간에서만 살던 내게 광막한 초록색의 들판은 놀라움 이상의 충격이었다. 나는 입을 떡 벌리고는, 내 앞에 펼쳐진 위풍당당한 자연의 모습에 굴복했다. 그건 경외심을 넘어 새로운 세계에 대한 두려움이자 동경이기도 했다. 나는 할아버지의 이야기를 듣는 걸 좋아했다. 오전 근무만 있는 날이면 할아버지는 나를 데리고 뒷산의 대추야자 나무 그늘 밑으로 갔다. 그곳에서 나는 할아버지 팔을 베고 누워서 이야기를 들었다. 할아버지는 내가 본 적도 없고 앞으로 볼 가능성도 없는 세상의 이야기를 종종 해주었는데, 물이 풍부했던 세상의 이야기는 가장 기억에 남았다. 그땐 물이 너무 많아 넘쳐흘렀다고 했다. 흘러내린 물이 모든 도시와 사막, 땅의 절반을 가득 채웠다고 했다. 그 물이 사막의 모래바람 대신 차아악차아악 파도 소리를 냈다고 했다.

"아아, 그럼 마음껏 마실 수 있겠다!" 나는 흥분해서 소리쳤다. 할아버지는 별다른 대꾸 없이 굼뜬 손놀림으로 옆구리에 찬 물병을 꺼냈다. 그러고는 내 조그만 입술에 가져다 댔다. 나는 욕심껏 목을 축였다. 할아버지는 그때 웃고 있었는데, 눈가와 입술 주위가 메마른 땅처럼 여러 갈래로 갈라졌다.

비 오는 날을 살아보지 못한 아이들이 학교에 갈 나이가 된 해, 나도 할아버지 손에 이끌려 스멀리타운 학교에 입학했다. 농장으로 향하는 큰 도로에서 갈라진 샛길은 작은 마을로 이어지는데, 그 초입에 학교가 있었다. 스멀리타운 제2주차장이라고 쓰여 있는 간판이 교정의 입구에 서 있었던 기억이 난다. 농장의 보조 주차장이던 부지에 노동자의 자녀를 위해 세운 학교라고 했다. 한 해를 거르고 그해 유일한 입학생이었던 나는 선생님들과—그래 봐야 가네트 교장 선생님과 진 선생님 둘뿐이었지만—재학생의 환대를 받았다. 나중에 안 사실이지만 3학년들이 유독 나를 반가워했던 이유가 있었다.

"야, 너. 우리랑 좀 같이 갈래."

입학하고 겨우 며칠이 지난 어느 날, 오후 수업이 끝나자 3학년의 피터, 노아와 카밀이 험상궂은—적어도 내게는 그렇게 보였던—표정을 지으며 내 책상을 둘러

쌌다. 부끄러운 일이지만, 그때 나는 하루에 몇 방울 나오지도 않는 오줌을 바지에 지렸다. 다섯 살 이후로 처음이었다.

"뭐 하고 있어. 따라오지 않고."

형들의 재촉에 난 어깨를 잔뜩 움츠리고는 밖으로 따라나섰다. 학교 건물은 누런 종이 박스를 세워놓은 것처럼 볼품이 없었는데, 그 뒤로 구불구불 좁은 길이 모래 언덕까지 연결되어 있었다. 아이나 어른이나 다니기에 험해서 평소에는 사람들이 눈에 잘 띄지 않는 길이었다. 형들은 의기양양했다. 서로 어깨를 탁 치기도 하고, 발로 바닥의 돌멩이를 툭 차기도 했다. 그중 키가 제일 큰 카밀이 나를 돌아보고 씨익 웃으며 말했다.

"야, 너 목마르지?"

그 말에 나도 모르게 입맛을 다셨다. 바짝 마른 입에서는 쩌억 소리가 났다.

"자식, 그럴 줄 알았어. 형들만 따라와."

정신없이 따라가다 도착한 곳은 산 중턱의 골짜기인데도 앞이 훤히 보이는 곳이었다. 위로는 여러 개의 회색빛 봉우리가 서로를 맞대어 솟아 있었고, 앞쪽의 내리막은 평지의 농장까지 이어졌다. 농장은 아득하게 넓었다. 서쪽 끝에서 동쪽 끝까지 보려면 고개를 왼쪽에서 오른쪽으로 돌려야 했다.

"저기가 농장이야. 어때, 멋지지?"

카밀이 말했다. 그러고는 돌아서서 나를 보며 덧붙였다. "언젠가 나는 저 농장 주인이 될 거야."

나는 움츠러들었다. 카밀은 그때까지 내가 알던 사람들과는 다른 부류였다. 무엇이 되겠다는 생각은 생소한 것이었다. 그것도 저 넓은 농장의 주인이라니. 카밀의 이야기는 내게 조금의 불편함과 알 수 없는 불안감을 주긴 했지만, 학교에서 배우는 그 어떤 것보다도 흥미로웠다. 이후 나는 카밀의 말을 귀담아들었다가 혼자 곱씹어 보고는 했다.

그때의 형들은 허물을 벗으려는 애벌레 같았다. 곧 나비가 될 것을 안다는 듯이 굴었다. 카밀이 주도했지만, 노아와 피터도 농장이 자기 집 마당이라도 되는 듯이 으스댔다. 피터는 자기 아버지가 농장의 관리직이라며 다섯 번째 아니면 여섯 번째로 높은 사람이라고 말했다. 노아는 경비병이 경례하는 걸 본 적 있다며, 자기 아버지가 더 높은 사람이라고 목소리를 높였다. 그러자 카밀이 경례하는 자세를 취하다 배를 잡고 웃었다. 이어 짐짓 엄숙한 표정을 짓더니 너희에게만 말하는데 자기 아버지는 비밀 요원이고 이 농장에 침투한 외계인을 잡으러 왔다고, 그래서 몰래 밤에 순찰을 다니는데 사실 이 길도 아버지가 알려줬다고 속닥였다. 노아와 피터는 의심쩍다는 표정을 지었지만, 비밀을 지키라는 카밀의 말에 고개를 끄덕였다.

그때 나는 할아버지를 떠올렸다. 농장에서 제일 높은 의자에 앉아 있는 할아버지를 상상했다. 경비병들은 그 앞에 일렬로 서서 경례를 하고, 할아버지는 총을 뽑아 그중 한 명에게 발사한다. 그러자 쓰러진 경비병이 흐물거리며 외계인으로 변한다.

"야, 뭐 해. 네 아빠도 저기서 일하지?"

노아의 질문에 나는 화들짝 놀랐다. "아니, 할아버지요. 우리 할아버지도 높은 의자에 앉아요." 엉뚱한 소리를 내뱉고 말았다. 얼굴이 화끈거려 고개를 숙였다. 공연히 모래만 신발에서 툭툭 털어 냈다. 다행히 형들은 내가 한 말에 관심이 없었다. 나를 잠깐 물끄러미 보던 카밀이 말했다.

"너 목마르다고 했잖아. 따라와 봐."

나는 앞서가는 형들 뒤에 딱 붙어서 산등성이를 탔다. 길은 아래에서 볼 때보다 더 가팔랐다. 나무에서 막 떨어진 대추야자 열매처럼 바닥에 두 번이나 나뒹굴었다. 발바닥이 따끔하고 숨이 차서 그 자리에 털썩 주저앉고 싶었다. 그때 나무로 얼기설기 만든 작은 초소 하나가 나타났다. 마치 동네 아이들끼리 전쟁놀이할 때나 세워놓은 것처럼 허술했다. 카밀은 비밀 요원이 된 것처럼 주위를 살피다가 따라오라는 손짓을 보냈다.

2

아이작의 트럭은 15시간을 달려 도시 외곽의 도로에 들어섰다. 하늘을 향해 뻗은 초고층 도시의 실루엣이 서쪽 연붉은색 노을을 배경으로 나타났다. 아이작은 해가 지기 전에 사막을 통과해서 다행이라고 생각했다. 밤에 사막에서 부는 바람엔 이 정도로 큰 물탱크 트럭도 쉽게 뒤집힌다. 도시까지 50킬로미터 남았다는 표지판을 지나고 나서야 겨우 마음이 놓였다. 아이작은 도로변에 트럭을 세우고 창을 열었다. 바깥의 온도가 조금 내려갔고, 바람은 시작되었다.

도시는 1,000년도 넘게 그 자리에 서 있지만 어린아이처럼 얌전했다. 사막의 바람이 도시의 얼굴을 씻기고 머리를 감겼다. 도시를 요람처럼 감싼 장벽에 모래가 부딪히며 자장가 같은 파도 소리를 냈다. 장벽 바깥으로는 모래의 바다가 지평선까지 닿았다. 도시 바깥의 오래된 역사는 모두 모래 속으로 가라앉아 있었다. 오래전 눈을 감아버린 도시 밖의 불빛처럼 아이작은 눈을 가늘게 떴다. 긴장이 풀리며 장시간 운전의 피로가 몰려왔다.

"삑. 삑. 삑."

날카로운 소리가 고요를 깼다. 아이작은 깊은 잠에서 막 깨어난 사람처럼 멍하니 계기판을 보았다. 경고등이 켜져 있었다. 헤인트타운에서 출발하기 전 연료를 채우는 걸 잊었다는 사실이 떠올랐다. 늦은 시간 사막에서 트럭이 멈추면 바람이 잠잠해지는 다음 날 새벽까지 움직일 수 없다. 제시간에 물을 배달하지 못하면, '신선한 물을 매일 공급하는 오아시스 생수' 이미지에 타격이 있을 것이다. 아이작은 잔뜩 주름이 잡힌 '오아시스' 매니저의 좁은 미간이 떠올랐다. 그의 움푹 꺼진 두 눈이 어디선가 쳐다보는 듯했다.

도시의 상류층을 대상으로 생수를 공급하는 '오아시스' 그룹은 지난 30년간 가장 큰 성공을 거둔 기업이다. 아이디어는 간단했다. 아직 다 마르지 않은 카나트에서 거대한 물탱크를 가득 채워 와 거금의 연회비를 내는 회원에게 일정량의 물을 매일 배달하는 서비스였다. 물 가격이 기름값보다 열 배 이상 비싸지자 더 먼 지역의 카나트에서 물을 실어 오기 시작했고, 오아시스는 천문학적인 수익과 함께 도시를 대표하는 대기업으로 성장했다. 오아시스의 회장은 재계의 거물로 떠올랐다. 정계에도 막강한 인맥을 구축했다. 도시의 빈민층을 라이더로 적극 고용하여 상생 기업의 이미지도 만들었고, 최근 가장 존경받는 인물에 선정되기도 했다. 당장 차기 시장으로 선출될 가능성까지 점쳐졌다.

"오아시스는 매일 수십만 명의 회원께 신선한 물을 공급합니다. 하지만 우리의 목표는 원대합니다. 모두가 함께 살아갈 더 먼 미래를 준비합니다."

회장의 강연으로 시작된 10주년 라이더 신규 채용 설명회는 오아시스 그룹이 생수를 배달하는 회사에서 하이테크 기업으로 탈바꿈했음을 공표하는 자리였다. '오아시스'는 바이오 로봇 스타트업을 인수하고 오랜 기간 연구 개발한 끝에, 인체의 장기와 팔다리의 일부분을 로봇화하는 하이브리드 생체 로봇 기술을 선보였다. 이 기술로 인체의 물 의존율을 크게 낮출 수 있다는 보고서가 곧바로 학계에도 발표되었다. 반려동물을 대상으로 시작한 서비스에서 하이브리드와 일반 개체의 평균 생존율에 큰 차이가 없음이 밝혀지자, 회장은 인체 로봇 기술의 상용화를 앞당기기 위한 중대한 결정을 내렸다. 오아시스의 모든 라이더에게 무상으로 하이브리드 로봇화를 해준다는 발표였다. 가족의 생계를 책임지고 있고 물값을 감당할 수 없었던 많은 빈민층 젊은이에게 오아시스 라이더는 매력적인 직업이 되었다.

15시간을 운전하고도 갈증 한 번 나지 않던 아이작의 목구멍으로 마른침이 꼴깍 넘어갔다. 장기와 팔다리를 모두 교체한 소위 3단계 이상 로봇화된 라이더들은 한 달에 1리터 정도의 수분 섭취로도 건강하게 활동이 가능하기 때문에 보통 사막의 장거리 운행을 배정받는다. 왕복 이틀 거리의 헤인트타운은 사실 쉬운 목적지였다. 지난 밤 쉬운 업무를 배정했다고 생색내며 웃던 매니저의 얇은 입술과 벌어진 앞니가 떠올랐다.

"오아시스는 단순히 생수 배달 회사가 아니라는 거 알죠? 우린 모두 감사하며 일해야 합니다." 매니저는 로봇화 수술 도중 장기에 퍼진 암을 운 좋게 발견했다고 했다. 오아시스 덕분에 새 생명을 얻고 일자리도 구했다며 기업 홍보 광고에서 해맑게 웃던 매니저는 라이더들에게는 거친 욕설도 서슴없이 내뱉는 사람이다. 벌점을 더 받으면 당분간 업무 배정을 하지 않겠다는 매니저의 말이 떠오르자, 아이작은 밤이 오기 전에 어떻게 해서든지 도시에 도착해야 한다고 생각했다. 바람이 점차 매서워졌다. 이 정도로 세게 분다면 오늘 밤엔 모래 폭풍이 올지도 모른다는 위기감이 들었다. 아이작은 서둘러 시동을 걸었다.

3

나는 한동안 보초병 역할을 했다. 카밀은 나를 초소

입구에 세워두었다. 그러고는 언덕 위쪽 여러 곳에 띄엄띄엄 쌓아놓은 돌무더기로 달려갔다. 농장에서 누가 올라오는지 감시하라는 말에 나는 언덕 아래로 시선을 고정했다. 한참을 같은 자리에 꼼짝없이 서 있었다. 해가 서쪽 모래 지평선에 반쯤 몸을 담그고, 미지근한 바람이 언덕 아래에서 불어올 때 즈음 돼서야, 카밀과 형들이 킥킥대며 돌아오는 소리가 들렸다.

"야, 수고했어."

카밀이 물이 차 있는 수통을 내게 내밀었다. 건네받은 수통의 서늘한 기운에 나는 소름이 돋았다. 허겁지겁 수통을 뒤집어 입에 부었다. 태어나서 처음 마셔보는 시원한 물이었다. 카밀은 흡족한 웃음을 지었다.

그 이후로 나는 수업이 끝나면 형들이 찾아오기를 은근히 기대했다. 갈수록 다리에도 힘이 붙었고 산길도 단숨에 오르내릴 수 있었다. 말랑말랑했던 발바닥 피부는 점점 단단해졌다.

그 무렵 나는 돌무더기 안쪽을 들여다보는 꿈을 여러 번 꾸었다. 늘 비슷한 장면으로 시작했다. 미지근한 바람이 불어오면 나는 뒤를 돌아서 돌무더기 쪽으로 걸어간다. 가장 가까운 첫 번째 돌무더기를 지나치고, 두 번째 돌무더기를 지나치고, 계속 지나치다가 가장 멀리 가파른 곳에 있는 돌무더기 앞에 선다. 어떤 밤에는 그곳에 할아버지가 앉아서 나를 기다렸다. 할아버지는 내게 웃으며 물병을 건넸다. 수염에 반쯤 가려진 얼굴이 유난히 메마르고 거칠어 보였다. 어떤 밤에는 그곳에 커다란 문이 있었다. 조금 열린 문틈으로 들여다보니 물이 가득한 세상이 그 안에 있었다. 큰 물병에서 물이 넘쳐흘러 사람들이 물 위로 둥둥 떠다녔다. 어떤 밤에는 그곳에 깊은 모래 구덩이만 있었다. 시커먼 구덩이 안을 들여다보자 카밀이 나를 밀어서 떨어뜨렸다. 내 위로 모래가 덮이고, 형들의 킥킥대는 웃음소리가 들렸다.

몇 달이 지난 어느 날 카밀이 보초를 서고 있는 내 어깨를 툭 쳤다. 카밀은 마치 이제 때가 되었다는 듯이 근엄한 표정이었다. 나는 마른침을 꼴깍 삼켰다. 카밀의 뒤를 따라 돌무더기 쪽으로 돌아서자 곧바로 다리가 후들거렸다. 벌써 서늘한 기운이 느껴져 선인장처럼 피부에 가시가 돋을 것 같았다. 동시에 목구멍 속으로는 바싹 마른 나무에 불을 지핀 것처럼 갈증이 확 번졌다.

4

트럭은 도시로 향했지만 언제 멈출지 알 수 없었다. 아이작은 운전에 집중하기 어려웠다. 엄습하는 두려움은 트럭이 멈출 수 있다는 사실보다 크고 무거웠다. 곧 닥칠지 모를 모래 폭풍 때문만도 아니었다.

아이작은 불과 6개월 전만 해도 가장 숙련되고 성실한 라이더로 꼽혔다. 매니저도 그 사실을 인정했다. 신입 라이더가 수습 기간 받는 실습 교육을 담당한 것도 아이작이었다. 아이작은 쉬는 시간이 별로 없었다. 배정된 장거리 노선의 운행을 마치고도 새로운 호출이 뜨면 제일 먼저 응답했다. 누적된 수익과 물 배급량은 다른 라이더보다 빠르게 늘어갔다.

아이작의 몸에 이상이 나타난 건 왕복 일주일 걸리는 노선에서 복귀하는 길이었다. 도시에 도착할 즈음, 가슴 부위에 차고 있던 수분 공급 장치에 이상이 감지됐다. 하이브리드 생체에 수분을 천천히 공급하는 장치인데, 물이 단시간에 급격히 줄어들었다. 한 달 분량의 물이 갑자기 다 소진되어 생명 위험선까지 도달했을 때, 수송하던 물탱크의 물로 보충해서 겨우 위험에서 벗어났다. 이런 상황은 곧바로 매니저를 통해 오아시스 엔지니어팀에 전달되었다.

몇 달 뒤 아이작에게 재수술 통보가 내려졌다. 생체 로봇 수술 이후 벌써 세 번째 재수술이었다. 첫 번째와 두 번째는 각각 왼팔과 오른쪽 다리 재수술이었다. 기술적인 오류로 인한 부품 교체였고, 수술도 비교적 간단해서 회복 기간 없이 곧바로 업무에 투입되었다. 하지만 이번에는 오아시스 측의 수석 엔지니어와 법률팀의 변호사가 직접 아이작을 찾아왔다. 변호사는 두툼한 서류를 들고 있었다. 엔지니어의 설명에 의하면, 3단계 수술을 받은 후 1퍼센트 미만의 확률로 수년 내에 나타날 수 있는 부작용이라고 했다. 하지만 대부분은 재수술을 통해서 문제가 해결된다고 말했다. 오아시스는 이런 경우를 대비한 기술력을 이미 확보했으며, 5단계 생체 하이브리드라 일컬을 정도로 최첨단 기술이라고 했다. 변호사는 서류에 적힌 중요 사항을 곧바로 읽어나갔고, 모든 서류에 아이작의 서명을 받았다.

수술 후 복귀하는 데는 두 달이 걸렸다. 아이작의 몸은 전보다 생생했고 잔고장도 사라졌다. 공급 장치의 물이 급격하게 줄어드는 경우도 없었다. 다만 이름이나 지명을 기억하는 데 가끔 어려움을 겪었고, 사소한 건망증이 생겼다. 재활 치료를 담당한 의사는 큰 문제가 아니라며 업무 수행 가능 판정을 내렸고, 아이작은 무사히 라이더로 복귀할 수 있었다.

그 후 아이작은 엉뚱한 지역으로 운행하다 매니저의 호출에 놀랐던 적이 있었다. 트럭의 위치를 실시간 상황판으로 지켜보던 매니저는, 아이작의 트럭이 목적지와 반대 방향으로 몇십 킬로미터나 달리는 것을 보고 헛웃음을 지었다. "이 친구, 무슨 생각인 거야." 그날 이후로 아이작은 신입 라이더 교육에서 배제되었다. 도시의 오아시스 물 저장 창고로 배달을 마쳤을 때도 실수가 있었다. 트럭을 차량 보관소로 옮기지 않고 그대로 퇴근해 버렸다.

"우리의 베테랑 라이더님이 요즘 왜 이러실까. 비싼 수술 받더니 일하기 싫어졌나?" 매니저는 마른 손가락을 펴서 아이작의 어깨를 툭 밀치며 말했다. "이번에도 실수하면 당분간 업무 복귀가 어렵다는 거 알지?" 이어 매니저는 조금 누그러진 목소리로 다음 업무는 쉬운 노선으로 배정하겠다고 말하며 자리를 떴다.

헤인트타운은 보통 신입 라이더에게 배정되는 노선이었다. 아이작이 교육생을 태우고 여러 번 왕복했던 코스이기도 했다. 돌아오기 전 트럭에 연료를 채워야 한다는 건, 모든 교육생에게 아이작이 주지시켰던 사실이다. 실수를 자책할 틈도 없이 트럭의 경고등 소리가 계속 길을 재촉했다. 아이작은 도시로 향하는 큰 도로에서 빠져나와 도시 외곽의 좁은 길로 들어섰다. 사람이 살던 마을의 흔적이라도 나타나기를 기대했다. 버려진 차량을 발견한다면 그 안에 남아 있는 연료를 쓸 수 있을지도 모른다고 생각했다. 살짝 열려 있는 트럭의 창문으로 모래가 섞인 바람이 들이치며 휘이익 소리를 냈다. 어스름한 도로 옆 쓰러진 표지판 위로 모래가 쌓였다.

5

할아버지의 얼굴이 보였다. 큰 구멍의 안쪽이었다. "할아버지! 할아버지!" 나는 외쳤다. 소리가 나오는 대신 목구멍 안으로 물이 쏟아져 들어왔다. 할아버지의 얼굴이 다시 보였다. 큰 구멍의 바깥쪽이었다. 안쪽에 있는 것은 나였다. 어두웠다. 점점 더 어두워졌다. 더 이상 갈증은 나지 않았다.

누군가 내 얼굴을 쓰다듬어서 눈을 떴다. 진 선생님이었다. 나는 선생님의 품에 안겼다. 선생님은 내 머리를 여러 번 쓰다듬어 주었다. 어젯밤 선생님 집에서 잠들었다는 사실이 기억났다. 진 선생님은 오늘 학교 수업이 없다고 말했다. 정오가 지나 선생님 손을 잡고 교정에 들어서자, 학생들이 운동장에 모여 있었다. 나를 보자 가네트 교장 선생님은 손수건으로 마르고 주름진 눈가를 닦았다. 사실 누구도 울지 않았다. 울고 싶어도 눈물이 나오지 않았다. 가네트 교장 선생님이 나를 먼저 꼭 안아주었다. 그 옆으로 학생들이 서서 차례를 기다렸다. 피터와 노아의 얼굴이 보였다. 카밀은 그곳에 없었다.

할아버지는 농장의 감시원이었다. 교장 선생님의 추

모사에서 들었던 말이다. 젊은 시절엔 카나트를 건설하고 우물을 파는 데 참여했고 그 후엔 농장으로 향하는 수로를 감시했다. 지하 수로를 따라서 지상에 나 있는 우물에 누가 독을 타지 못하게 지키는 역할이라고 했다. 할아버지 덕분에 우리 마을은 물론이고 도시 상류 계층의 많은 사람들이 안심하고 살 수 있었다고 했다.

나는 그때 언덕 제일 높은 곳에 있는 할아버지의 의자를 상상했다. 의자는 한낮의 태양 빛을 가리는 넓은 그늘 밑에 있다. 할아버지는 그 의자에 앉아 초록색 세상을 내려다본다. 성냥갑만 한 학교를 빠져나와 형들을 따라 언덕길을 오르는 개미만 한 나를 발견한다. 경비병 놀이를 하며 골짜기를 지나 산등성이를 타는 우리를 본다. 우물 옆 초소에서 망을 보다가, 형들이 몰래 담아 온 물을 마시는 나를 지켜본다. 그 순간 할아버지는 웃고 있었을까? 아니면 화난 얼굴이었을까? 도무지 알 수 없어서, 나는 할아버지의 뒷모습까지만 떠올렸다. 추모사를 마친 가네트 교장 선생님은 내 어깨를 감싸며 용기를 내라고 말했다.

학교에서 카밀을 마주친 건 며칠 뒤였다. 늦은 오후, 햇살이 눈부시게 반사되던 교실 앞 복도였다. 복도 반대편에 있는 카밀을 보고 나는 우뚝 섰다. 카밀이 내 쪽으로 천천히 걸어오고 있었다. 그 시간은 스멀리타운 병원에서 주사 맞을 차례를 기다렸던 때보다 훨씬 길게 느껴졌다. 창을 넘어 바닥에 닿았던 햇살은 서서히 복도 벽을 타고 번지다가 사라졌다. 카밀의 표정이 어땠는지는 알 수 없었다. 그가 내 옆을 지나칠 때쯤엔 복도가 너무 어두워졌기 때문이다.

카밀은 한동안 학교에 나오지 않았다. 진 선생님은 카밀의 몸이 좋지 않다고 했다. 그 이후 나는 줄곧 그의 존재를 잊고 살았다. 카밀을 까맣게 잊는 것은 할아버지의 부재를 인정하는 것보다는 훨씬 쉬운 일이었다. 내가 카밀을 다시 보게 된 건, 초등학교를 졸업하고 나서였다. 나는 가네트 교장 선생님의 추천으로 도시의 기숙학교를 다니고 있었다. 기숙사의 문을 닫는 주말, 스멀리타운으로 돌아와 진 선생님 집에 머물렀을 때였다. 오후 늦게 교정을 걷다가 무심코 학교 뒷길로 접어들었다. 거기서 멀리 언덕을 오르는 카밀을 보았다. 카밀의 키는 예전 그대로였고, 걸음걸이는 허정댔다. 카밀의 뒷모습을 보며 걸었던 기억이 없었다면, 언덕을 오르는 카밀을 나는 카밀의 어린 동생쯤으로 생각했을지도 모른다. 카밀은 어디에 오르려고 했을까. 무엇을 보려고 했을까. 그때 난 어렴풋이 깨달았다. 카밀은 아마 농장의 주인이 될 수 없을 거라고. 어쩌면 처음부터 불가능했던 꿈이라고. 허물을 벗어도 날개는 나오지 않을 거라고. 뒤따르는 나를 카밀도 알아챘을 것이다. 초소 근처에 도착해서, 언덕 아래로 허둥지둥 내려가는 카밀의 작은 어깨를 나는 한참 바라보았다.

6

어두워진 길을 한참이나 달렸기 때문에 아이작은 뒷머리가 당길 정도로 초조했다. 이제 연료가 바닥났겠구나 생각할 즈음, 멀리서 불빛이 보였다. 점점 시야에 주유소 간판이 선명해지자 아이작은 자기도 모르게 고맙습니다 하고 외쳤다. 장벽 밖 거주민 대부분이 도시로 이주했기 때문에, 이런 곳에 주유소가 있으리라고는 상상하지 못했다. 주유소는 작은 마을로 향하는 진입로 옆에 있었다. 수천 명은 거주할 규모로 보였지만, 마을 대부분의 건물과 집에는 불이 들어오지 않았다. 특별한 상황이 아니라면 누구도 찾아오지 않을 만큼 외진 곳이었다. 희미한 불빛과 파손된 간판의 상태로 볼 때 주유소도 영업을 안 한 지 오래인 듯했다. 기름이 조금이라도 남아 있기를 바라며 아이작은 주유소 건물의 문을 노크했다.

"오아시스의 신입 라이더겠군요?"

누군가 건넨 말에 아이작은 움찔하고 뒤를 돌아보았다. 짧은 머리를 한 사내가 한 손에 빗자루를 들고 서 있었다. 크지 않은 키에 모래 폭풍도 견딜 듯이 다부진 체격이었다.

아이작은 사내의 이야기가 언제쯤 끝날지 초조해지기 시작했다. 바람이 더 세차게 불었고, 사내가 쓸어서 한쪽에 쌓아놓은 모래는 주유소 앞마당으로 다시 고르게 퍼져나갔다. 사내는 계속 말을 이어나갔다.

"그러니까, 연료를 채우는 걸 잊었다는 말이죠? 하하. 사실 누구나 할 수 있는 실수지만 이런 사막에서는 실수의 대가가 혹독하죠. 전에도 곤경에 처한 신입 라이더 여러 명을 봤습니다. 한번은 큰 도로에서 옆으로 쓰러진 트럭을 본 적도 있습니다. 초저녁인데도 넘어진 걸 보면 운전 미숙이죠. 가까이 가보니 라이더 한 명의 다리가 깔려 있는데…."

아이작은 재빨리 화제를 돌렸다. 근처 마을 이야기를 꺼냈다. 하지만 곧 실수였다는 걸 깨달았다.

"예, 맞습니다. 한때는 살기 좋은 마을이었죠. 이 근처 카나트에서 물도 펑펑 나오고 바로 이 뒤쪽으로는… 아주 넓은 농장이 있었습니다."

사내는 양손을 크게 벌리며 주유소 건물 뒤편을 향해 돌아섰다.

"살기 부족한 게 없었죠. 지금이야 저를 포함해서 몇

명만 살고 있습니다. 제가 뭐 사명감이나 그런 게 있는 건 아닙니다. 저는 살기 위해서 여기 남아 있습니다."

아이작은 아까 부탁한 대로 사내가 어서 주유소에 남아 있는 기름이나 확인해 주었으면 했지만, 사내의 이야기는 끝날 기미가 보이지 않았다. 뜬금없이 사내는 오른쪽 팔뚝 근육에 힘을 주며 아이작에게 쑤욱 내밀었다.

"이건 진짜 사람의 팔입니다. 가짜 기계장치가 아니라…."

사내는 말을 이어가려다 아이작의 눈치를 슬쩍 보았다. 그러고는 자기도 라이더에 지원한 적이 있다고 했다. 자기에게 라이더는 맞지 않았다고 했다. 사실 오아시스에서 퇴짜를 맞았다고 했다. 어릴 때 우물에 빠져 척수에 손상이 왔다고 했다.

"라이더에 적합하지 않은 몸도 있다더군요…. 다시 돌아왔죠. 이곳으로."

갑자기 사내가 말을 멈추었다. 그러고는 고개를 돌려 희미하게 켜진 주유소 불빛을 바라봤다. 잠깐 정적이 흘렀다. 세찬 바람이 주유소 마당의 모래를 휘저었다.

사내는 기름값을 물로 달라고 했다. 조건은 1 대 1 교환이었다. 기름 가격의 열 배에 달하는 물값을 생각하면 터무니없는 요구였지만, 아이작에게 다른 방법은 없었다. 사내가 트럭에 기름을 채우는 도중 운전석에서 매니저의 호출을 알리는 알람 소리가 들렸다. 시계를 보니 벌써 밤 9시였다. 예정 도착 시간에서 2시간이 훨씬 지났기 때문에, 매니저가 트럭의 위치를 확인하고 연락을 한 것이다. 연속 두 번 매니저의 호출을 받지 않아도 벌점을 받기 때문에, 다시 울리는 소리에 아이작은 바로 수신기를 열었다. 매니저는 차분한 말투였다.

"지금 왜 3구역에 있는지 알려줄 수 있을까요? 바로 출발하지 않으면 복귀가 불가능할 텐데 말이죠."

아이작은 매니저의 조곤조곤한 말투에 오히려 머리가 더 곤두섰다. 바로 복귀한다고 보고하고 끊으려는 순간 매니저가 덧붙인 몇 마디 말이 수신기에서 살짝 흘러나왔다. 무슨 말인지 이해하려고 잠시 고민했지만, 기름을 다 채웠다는 사내의 말에 아이작은 바로 트럭의 시동을 걸었다. 곧바로 출발해야 바람을 이겨내고 겨우 도시에 도달할 수 있다. 사내는 느린 걸음으로 주유소 앞까지 배웅했다.

7

나는 방금 분주하게 움직이는 간호사와 의사의 수를 세다가 그만두었다. 이렇게 큰 수술실은 처음이다. 첫 수술은 일반 병원이었고, 그 이후로는 줄곧 오아시스 본사 옆 건물의 지하에 있는 엔지니어팀 작업실에서 부품 교환이나 점검을 받았다. 아까 수술실 내부의 대기자 중 한 사람이 마스크를 살짝 내리며 알은체를 했다. 전에 찾아왔던 오아시스의 수석 엔지니어였다. 수술의 1차는 이 병원의 의료진이, 2차는 엔지니어팀이 담당한다고 말했다. 굳이 내가 그런 걸 알 필요가 있나 생각했다. 대신 궁금한 게 있었다. 그가 그날 굳이 내가 알 필요 없다는 듯이 했던 말들. 하이브리드 두뇌. AI 인지능력. 업무 특화 장기 기억….

사실 묻고 싶었다. 그럼 내 기억은 어떻게 되나요? 하지만 이 말은 입 밖으로 나오지 않았다. 마취약의 효과가 나타나고 있었다. 아마 이제 곧 깜빡 잠이 들겠지.

어젯밤에 꾼 꿈처럼 아직도 생생한 오래된 기억이 있다. 나는 언덕 아래 농장의 한적한 풍경을 바라보고 있다. 농장 노동자들의 하얀색 옷이 온통 초록색 네모난 도화지를 뚫고 나타났다 사라지기를 반복했다. 서쪽 하늘에서 선홍색 긴 물감이 흘러 그 위로 번졌다. 회색빛의 누런 모래의 바다는 서서히 해를 삼켰다. 콧구멍으로 잔잔한 바람이 들어와 코가 새큰해졌다. "오늘이야." 내 어깨를 짚은 손이 말했다. 두렵지 않았다. 적어도 그렇게 다짐은

했었다. 뒤돌아서기 전까지는.

카밀은 내 등을 두드렸다. 피터와 노아는 고개를 끄덕였다. 나는 슬쩍 아래를 보았다. 눈을 뜨고 있었지만, 감은 것처럼 온통 암흑이었다. 두 손에 힘이 들어갔다. 까슬한 밧줄의 가닥가닥이 손바닥을 파고들었다. "괜찮아, 내가 꽉 잡고 있어." 카밀이 말했다. 괜찮지 않았다. 마신 물이 있었다면 풀려버린 오금으로 그대로 샐 것 같았다. "이제 내린다." 카밀이 말했다. 나는 그대로 눈을 감았다. 새로운 세상으로 서서히 빨려 들어갔다. 감은 눈으로도 빛이 점점 사라지는 걸 느꼈다.

나는 할아버지의 팔베개를 하고 누웠던 느지막한 오후의 그늘을 생각했다. 바람이 머리카락을 이마에 살짝 붙였다 떼었다 했다. 지금 난 어디로 흘러가는 걸까. 평생 거스른 적 없던 할아버지는 마지막에 우리를 안고 얼마나 물살을 거슬렀을까. 나는 내 숨소리를 들었다.

그때 누군가 말했다. "수술 대상 개체 — 아이작 카버. 확인 끝. 수술 시작합니다."

8

아이작에게 새 임무가 부여됐다. 밤늦게 복귀한 아이작에게 매니저가 '하이브리드화 지수' 테스트를 받으라고 명령했고, 그 결과를 통보받은 뒤였다. 재수술 후 아이작의 장기기억 능력과 인지능력의 손실은 엔지니어팀에서도 어느 정도 예상하던 결과였다. 신경세포 활성화로 인한 급격한 수분 손실을 막기 위해, 해마를 비롯한 상당 부분의 뇌를 제거했고 남아 있는 신경세포의 시냅스는 단기기억 장치의 허브를 통해서만 연결되었다. 80퍼센트에 달하는 뇌의 수분 의존율을 현저하게 낮추기 위한 새로운 기술이었다. 칩으로 이식된 장기기억 장치에는 업무에 필요한 필수 기억만이 재입력되었다. 하지만 수술 후 기억 입출력 능력에 가끔씩 문제가 발생했다. 인지능력은 AI 기술로 상당 수준 복원되었지만, 사람의 얼굴을 눈과 입 등의 일부분과 목소리로만 기억하는 수준이었다. 강화되어 입력된 '복귀 본능', '임무 수행', '위험 감지'에서 표준점수를 넘었지만 '문제 해결' 능력은 기준에 미달했다. 아이작은 인간화 지수 20퍼센트, 로봇화 지수 80퍼센트를 받았다. 라이더 업무에 최종 부적합 판정이 내려졌다. 인간화 지수 30퍼센트 이상일 경우 유지되는 인간 등록도 말소되었다. 대신 로봇 고유번호가 부여되었다.

매니저는 업무 발령을 통보하며 말했다.

"그동안 수고 많았네. 뭐 앞으로 좀 편하게 일을 하라고 특별히 배려한 면도 있어. 오아시스가 그렇게 냉정하지는 않거든."

다행히 '위험 감지' 지수가 높게 나온 덕에 은퇴하지 않고 새로운 일을 할 수 있는 거라며 아이작의 등을 두드렸다.

아이작은 오아시스 물 저장고의 감시 임무를 맡았다. 오아시스의 최첨단 감시망이 작동되기 때문에 비교적 수월한 일이었다. 어떤 작업장에서든 인간의 몸을 기초로 만들어진 하이브리드 로봇은 일반 로봇보다 좋은 대접을 받았다. 인간이 부재한 특수 환경에서는 의사 결정권을 부여받기도 했다. 아이작은 맡은 임무에 최선을 다했고, 자부심을 느꼈다.

아이작은 매시간 정각마다 저장 창고의 외부를 순찰했다. 때때로 창고 건물의 강화유리창으로 내부에 있는 물 저장고를 살펴보기도 했다. 그 깊은 물웅덩이에 시선이 닿을 때 아이작의 기억 장치는 가끔 이상 신호를 보냈다.

'임무 수행.' '위험 발생.'

'임무 수행 중 위험 발생….'

아이작은 오작동으로 판단하고 보고하지 않았다. 다만 메마르게 갈라진 입술과 파도 소리로 감지되는 누군가가 떠오르지 않아서 혼란스러웠다.

에세이-SF와 삶

고작 인간이라서
: 지난여름의 단상들

돌아오는 길에 시작한 여행

돌아오는 날 아침인데 늦잠을 잤다. 늦을까 봐 부리나케 짐을 챙기고 허둥지둥 버스에 올라탔다. 그제야 휴대폰 충전기를 숙소에 두고 왔다는 걸 깨달았다. 그 사실이 무색하게도 제주공항에 도착하자 탑승 시각까지는 한참 여유가 있었다. 평일 오전인데도 공항은 여행객들로 붐볐다. 뉴스에서는 118년 만의 기록적인 폭염이라고 했다. 그런데도 사람들은 더 더운 지역으로 떠나고는 한다. 휴가지에서는 이런 무더위도 달가운 모양이다. 여행 가방을 힘껏 끌며 공항 밖으로 나서는 이들의 얼굴을 보면 알 수 있다.

뜻대로 되는 게 없는 며칠이었다. 바캉스라기보다 일 때문에 온 것이지만, 처음엔 그럴듯한 계획이 있었다. 바다가 보이는 카페, 음악과 커피, 가방에 챙겨둔 책 한 권. 제주에 머무는 동안 나는 읽고 싶었던 소설을 읽고 이 원고의 초고를 쓰기로 마음을 먹었었다. 이 정도면 소박한 목표가 아닐까 했지만, 돌아보니 욕심이었다. 책은 펼쳐보지 못했고, 글은 한 줄도 쓰지 못했다. 카페에는 갔지만 바다가 보이지 않았다. 조금의 여유도 없이 끝나가는 여행이라니. 분한 마음이 들었다. 이번은 여행이라고 하지 말자, 생각했다.

출발장에 일찌감치 들어가 자리를 잡고 앉았다. 처음엔 책을 꺼내어 얼마간 읽는 시늉을 했다. 하지만 페이지가 잘 넘어가지 않았다. 곧 주변의 사람들로 시선이 옮겨 갔다. 엄마 아빠와 아이들. 친구들. 연인들. 혼자 온 사람들. 다들 어떤 기분일까 문득 궁금했다. 나름 성수기에 휴가를 즐겼으니 풍족하고 즐거운 마음일까. 아니면 벌써 내일의 출근이나 등교를 떠올리고 있을까. 예전에 난 일요일 저녁만 되면 울적했는데, 그 기분과 비슷할까.

오래전에 했던 제주도 여행의 한 장면이 떠올랐다. 렌트한 차를 반납하고 셔틀버스로 공항에 가던 중이었다. 남들이 추천한 데는 다 가보겠다고 계획한 2박 3일 일정의 마무리였다(지금이라면 그런 여행은 계획하지 않겠지만). 성산일출봉에서 애월까지, 갈치구이 맛집부터 에메랄드 색 바다가 보이는 카페까지. 마치 게임 속 플레이어처럼 미션을 클리어했다. 셔틀버스에 오르는 순간까지도 이곳저곳에서 찍은 핸드폰 사진을 정리하느라 정신없었다.

그러고 나서 셔틀 창밖으로 가까워지는 공항을 무심히 보았던 순간을 떠올렸다. 가볼 장소나 맛집이 리스트에 더 이상 없고 수행할 미션도 없다는 걸 깨닫는 순간. 곧 현실로 돌아가야 한다는, 그리고 그것이 예정된 수순이었다는 사실을 확인한 순간. 과연 무슨 기분이었을까? 허탈했을까? 그렇게 다니는 게 다 무슨 소용이었나, 무엇이 남았나 의심하면서. 떠나왔으면 언제고 돌아가야 한다는, 여행은 고통을 잠시 잊게 하는 진통제일 뿐이라서 그 효과가 바닥나면 더 아프다는 진리를 깨닫고 있었을까?

하지만 반대였다. 전혀 허탈하거나 울적하지 않았다. 그저 차분했고 담담했다. 원래 있던 자리로 돌아가려 하는, 일상의 흐름에 순순해지려 하는 마음만이 있었을 뿐. 오히려 내가 무언가로 가득 차서 단단해진 느낌이었다. 그건 미션을 완수했다는 뿌듯함이나 다녀온 곳에 대한 만족감 같은 게 아니었다. 그저 해보고, 겪어보고, 다녀오는 행위 자체였다.

왜 그런 마음을 잊고 있었을까. 여행이 끝나가는 저들도 같은 기분일까.

여행은 수고롭고 피곤한 일이다. 어딘가를 애써 다녀와야 한다. 배낭여행이나 휴양지 여행이나 마찬가지다. 성수기 인파와 길게 늘어선 줄은 어디에나 있다. 가보고 싶었던 카페와 맛집은 대기시간이 길어서 포기하고, 자연경관 앞에서도 눈에 담기보다 습관적으로 사진만 찍는다. 바빠 다니다 보니 지쳐 있던 몸과 마음이 회복되기는 고사하고, 오히려 피로와 스트레스가 쌓인다. 이런 관점으로 보면 우리는 매번 여행에 실패한다.

하지만 늘 다시 여행을 꿈꾼다. 실패한 여행을 다녀오더라도 그 끝에 남은 어떤 것들이 우리를 또다시 여행으로 이끈다. 그건 단순히 수백 수천 장의 사진이 아니라, 형상화되지 않는 경험이며, 매 순간순간 우리가 감각했던 모든 것들이다. 그리고 그런 걸 겪으면서 조금은 나은 어딘가로 이동했을 자신을 발견하는 마음이다.

그렇기에 사실 물리적으로 먼 곳에 다녀오는 것만이 여행은 아니다. 고된 일과를 마치고 나서의 저녁 산책, 출퇴근길 지하철에서 하는 독서, 카페에 멍하니 앉아서 하는 엉뚱한 상상도 여행이다. 짧은 여행, 찰나의 여행도 삶 속에서 언제나 가능하다.

그런 생각이 들 무렵 깨달았다. 내가 소설을 쓰고 싶었던 이유를. 그건 아마 그저 어딘가로 떠나고 싶었기 때문이 아닐까. 써서 도달할 수 있는 모든 곳이 여행지이기 때문이 아닐까. 『여행의 이유』에서 김영하 작가는 우리들 정신에 가장 큰 영향을 미치는 건, 자신이 창조한 세계로 다녀오는 여행이라고 했다. 그 안에서는 시간이 다르게 흐르고, 격심한 시련과 갈등이 있으며, 그런 것들이 현실 세계보다 더 드라마틱하다고. 나도 무언가 써보려고 노력할 때마다 그 말에 공감했었다. 그렇지만 그건 내가 어떤 세계를 창조하는 데 성공했을 때만 느꼈던 것은 아니었다. 나는 쓰는 데도 매번 실패하니까. 오히려 나를 다시 쓰도록 이끈 건 무언가를 상상하고 기록하는 과정 그 자체 때문이었다. 문장과 문장 사이에서 무작정 걸어갔던 시간, 여전히 제자리라서 느꼈던 고통과 한 걸음 내디뎠던 희열, 그런 시간과 감정의 조각들이 모여서 어떤 결과물이 되었을 때, 그게 비록 보잘것없더라도 나는 비로소 멋진 여행을 다녀온 기분이 되었다. 그리고 누군가에게 언젠가는 그곳으로 함께 떠나자고 말할 수 있을 것 같았다. 그래서 나는 지금도 쓰고 있나 보다.

얼마 지나지 않아 출발장엔 사람이 더 늘었다. 유리창 너머로 보이는 바깥 날씨는 너무도 쨍해서, 하루 종일 무더운 날씨를 예고했다. 제주공항에 착륙하여 이제 여행을 시작하는 이들도 많겠구나 싶었다. 어제는 서울이 제주보다 더 더웠다고 누군가 단톡방에서 이야기했다. 핸드폰 충전이 거의 되지 않았다는 걸 발견했다. 얼마 전에 샀던 충전기는 불량인가 보다 했다. 남은 시간 동안엔 소설을 쓰는 마음에 대해서 조금 더 생각했고, 이 글의 초안도 구상했다. 탑승 시각이 다 되어갈 무렵에는 이 여행도 여행이었음을 인정했다. 그리고 아까부터 손에 펼쳐 들고 있었던 새로운 여행지로의 여행도 무사히 출발했다.

여행권 당첨

뜻밖의 연락을 받았다.

"당첨되셨습니다! 이제 우주의 어느 곳이든 마음껏 가실 수 있습니다."

"가… 감사합니다!"

여름이 오기 직전이었다.

나는 급하게 우주복을 맞추고, 숨을 오래 참는 방법을 연마했다.

부끄러움이 많아서

엄마의 증언에 따르면, 유치원에 다닐 때 나는 '대답하는 목소리가 너무 작아서 선생님이 못 들었다'라는 사유로 결석 처리된 적이 있다고 한다. 부끄러움이 많아서였다고. 아무리 그렇다 해도 하루 종일 선생님 눈에 안 띄는 게 어떻게 가능한가? 의문이 들지만, 워낙 존재감 넘치는 금쪽이들이 많았을 테니 선생님 시야에도 사각지대가 있었겠거니

한다. 아무튼 나는 남들 눈에 잘 안 띄는 고급 기술을 구사하면서도 꿋꿋하게 개근은 하는 어린이였다. 물론 그런 내 성격은 주욱 시골에 살다 갑자기 큰 도시 환경에 처해 주눅이 들어 있던 일곱 살 시절에만 유효했다는 것이 정설이다. 이어지는 학창 시절과 사회화 과정을 통해서 나는 부끄러움을 모르는 한 명의 어른으로 어엿하게(?) 성장했기 때문이다.

그럼에도 불구하고 여전히 부끄러운 게 있다.

바로 '나'를 표현하는 일이다. 무엇보다 '나'에 대해서 글을 쓴다는 건 도무지 적성에 맞지 않는 일이다. 어른이 된 이후엔 일기를 써본 기억이 없다. 게다가 누군가에게 보여 줄 목적으로 내 이야기를 쓰는 건 상상해 본 적도 없다. 지금껏 내가 '나'라고 쓴 일이 있다면 대부분 일인칭 시점의 가공인물이었다. 그래서 이번에 에세이를 써달라는(써야 한다는) 말을 들었을 때, (내색은 안 했지만) 많이 당황스러웠다. 부끄러운 것도 문제지만 쓸 거리도 없었다. 오늘은 어땠지? 생각해 보면 늘 어제랑 똑같다. 예전에 억지로 일기를 쓰던 시절이 떠올랐다.

'2025년 0월 0일, 날씨 맑음. 오늘은 숙제하고 놀았다. 참 좋았다. 끝.'

아무튼 내 심정은 오지에서 무장 강도를 만난 빈털터리 느낌이었다. 주머니를 아무리 뒤져봐도 뺏길 것이 없어서 오히려 더 불안한 기분.

날짜만 계속 흐르던 차에 안 되겠다 싶어서 며칠을 닥치는 대로 쓰기 시작했다. 하지만 늦게까지 쓰고, 다음 날 지우고를 반복했다. 도무지 민망하고 오글거려서 참을 수가 없었다. 이것이 기록의 힘이다. 아무렇지 않게 했던 생각과 말과 행동도 글로 써놓고 보면 낯부끄럽다. 그렇게 뭔가를 시도는 하지만 계속 움츠러들고 외면하고 숨기를 반복했다.

누가 보면 요즘같이 자신을 드러내기에 안달 난 세상에서 무슨 시대에 뒤떨어진 극 I형 인간이냐 싶겠지만, 누드 비치에서 혼자 가운을 입고 다니는 머저리 취급을 당하더라도 어쩔 수 없다. 혹자는 에세이에 솔직히 나를 다 드러내야 한다는 고정관념을 버리라고 조언할 수도 있겠지만, 글쓰기에 나는 고지식한 인간인가 보다.

결국 궁리 끝에 다음과 같은 타협점을 떠올렸다.

(주의) 어쩌면 이 글은 일부 픽션일 수도 있습니다.

이렇게 써두는 것. 물론 이 말이 페이크일 수도 있다. 페이크인 게 페이크일 수도 있다.

아무튼 이 글이 온전한 에세이인지는 비밀이지만, 그렇다고 해서 소설이나 페이크 다큐 같은 허구는 아니라는 것은 확실히 해두고 싶다. 내 생각과 나에게 있었던 사실로 정리한 글이니까. 조금의 편집과 윤색이 들어갔을 수도 있는.

'그게 원래 에세이잖아!'라고 하면 할 말이 없다. 나는 원래 에세이를 잘 모르니까.

이렇게 쓰고 보니 입고 있던 가운을 과감하게 벗어 던지는 기분이지만, 그 안에 수영복을 입고 있다는 게 페이크.

계속 생각했던 밤

각자 바쁜 하루를 보내고 동네 한 바퀴나 돌자며 나갔던 어느 밤, 쉼표가 많았지만 긴 대화를 나눴고, 우리가 아마 살짝 손을 잡고 걷기도 했던 산책에서 돌아와 무심히 신발을 툭 벗고 들어가는 너의 뒷모습을.

그리고 그것이 소설이었다면, 그 마지막 페이지를 넘기며 드는 잔잔한 마음에 대해서.

일인칭 소멸

'요즘 다들 자기중심적이야'라는 말에 사람들은 고개를 끄덕인다. 하지만 시대적으로 이 말은 모순이다. 한편으론 자기중심을 잃어가는 세상이기 때문이다.

다들 한 방향을 바라보고 있다. 같은 정보에 기대어 같은 선택을 한다. 소비 성향이 획일화되고, 비슷한 취향으로 동일한 경험을 하는 사람들이 늘어난다. 머지않아 정체성 identity이란 단어는 사라지고, 공통 기호에 얼마나 근접한지를 나타내는 충실성 fidelity이란 단어가 더 쓰이게 될지도 모른다. 충실성 지표에서 선택의 자유는 무의미하다. 남이 먹는 걸 먹고, 남이 읽는 걸 읽고, 남이 꾸는 꿈을 나도 꾸면 된다. 결국 모두가 충실성 100퍼센트에 근접한 삶을 살게 될지도 모른다.

사실 우리는 이미 충분히 그렇게 살고 있다. 많은 것들을 추천으로 선택한다. 일의 중요도가 클수록 의존도도 높아진다. 이런 경향이 여행지, 맛집, 물건을 고를 때만 적용되는 것은 아니다. 추천을 통해 차별과 혐오, 분노와 가십은 더 쉽게 퍼져나간다. 알고리즘을 기반으로 한 편향된 학습이 신념을 만든다. 합리적인 추론과 판단 능력은 사라진다.

그렇기에 인간의 주체성이 사라지는 것도 시간문제다. 생성형 AI가 만든 결과가 내 글이고, 내 생각이다. 어떤 질문이건 우리는 모두 비슷한 답을 말한다. 한 인간의 삶을 다른 인간과 구분하는 것이 어려워지거나 무의미해진다. 이렇게 인간의 다양성이 사라진 세상에서는 학습할 데이터도 빠르게 고갈된다. 결국 인간과 비인간 모두 지능 저하로 자아를 상실한다.

그런 세상이 오면 '나'를 정의하기 어렵지 않을까? 바로 일인칭이 소멸한 시대가 될 것이다. 그런 상상을 바탕으로 쓰던 (미완성의) 원고가 있다.

열역학 제2법칙이 공식적으로 폐기되기 전, 즉 무질서가 지수적으로 증가하던 세상의 이야기입니다. 광속으로 확장하는 개별 시공간에서 각 개체가 극도로 많은 정보를 생성하던 시기였죠. 지금으로서는 상상하기 어렵습니다. 당시에 각 개체는 스스로를 '나', 군집했을 경우 '우리'라고 칭했습니다. '나'는 각 개체가 초광속superluminal을 제외한 제약 없는 자유도를 가진 상태로 자신을 인식하는 용어입니다. 현재는 존재하지 않는 단어죠.

어림잡아 계산하더라도 '나'라고 인식하는 100개의 개체가 1초마다 생성하는 정보의 양은 지금 지구 행성 전체에서 1년에 생성되고 처리되는 정보량에 근접합니다. 그러니 아무리 우주가 팽창하고 평행 분열을 하더라도 다 담기에는 부족했겠지요. 사태는 생각보다 심각했습니다. 한계에 다다르고 있었어요. 마치 터지기 직전의 물주머니처럼 말이에요.

(...)

그래서 중대한 결정을 내리게 된 것입니다. 더 담을 공간이 없으니 정보 자체를 정리하는 것이죠. 한순간에 엔트로피를 0으로 만들지는 않았습니다. 급격한 변화보다는 점진적인 변화 그게 빅뱅 이후 이 우주가 동작하는 방식입니다.

(...)

그래서 이런 흐름은 단순한 사회적인 변화가 아니라, 어쩌면 우주 법칙의 일부이고 오래전부터 미리 계획된 것인지도 모른다!

그러고 보니 「카나트」도 일종의 일인칭 소멸을 다루는 소설이다. 난 한동안은 아마도 이 주제로 쓰게 될 것 같다.

오늘은 비

비가 온종일 세차게 내리다 저녁 늦게서야 날이 개었다. 집에 오는 길에 도로변 웅덩이를 밟아서 양말이 다 젖었다. 냉장고에 맥주가 있나, 편의점을 지나며 잠깐 고민했다. 내 우산은 살이 하나 휘어지고 달랑달랑 끊어지기 직전인데, 펼칠 때는 새걸 사야지 한다. 그리고 접으면 까맣게 잊어버린다. 다음에 비가 올 때도 이걸 들고 나갈 것이다.

SF, 가장 느린 방법으로

얼마 전까지만 해도 아침저녁으로 만원 지하철을 탔다. 일터까지는 꼬박 1시간이 걸렸는데, 매일 왕복하는 데 걸리는 이 2시간이 내가 읽고 쓰는 시간이었다. 생각보다 집중이 잘됐다. 의자에 앉아 편하게 읽을 때보다 책 속에 깊이 빠져들었다. 쓰는 것도 마찬가지였다. 몇 번 스마트폰 메모장에 끄적이던 것이 습관이 되어 제법 생산성이 좋아졌다. 책상에 앉아서는 막막했던 부분도 흔들리는 열차 안에서는 가끔 술술 써졌다.

물론 사람들 틈에 비집고 서서 책을 읽는 게 쉬운 일은 아니다. 양손으로 볼륨감 있는 책이라도 들고 있으면 주변에 민폐다. 공간의 제약도 크지만 심리적인 압박감도 만만치 않다. '수험생도 아니면서 굳이 여기서?' 하는 마음의 소리가 사방에서 골전도 수준으로 전해진다. 한 손에 들고 있더라도 책장을 넘길 때는 다른 손이 필요하다. 흔들리는 지하철에서 무게중심은 오롯이 두 다리의 민첩성으로, 가끔은 주변인들에게 의지하여 회복한다. '전자책을 쓰지 그래?' 하는 조언을 듣고 몇 번 시도했지만, 다시 종이책으로 돌아왔다. 이런 말에 어떤 이는 '책 좀 읽는다고 티 내는 거 아냐?' 하겠지만, 사실 나는 독서량이 많다기보다 그냥 오가며 읽는 게 취미다. 집에서는 넷플릭스를 보거나 빈둥대는 시간이 더 많다. 아무튼 읽기 쉬운 환경에선 안 읽고, 굳이 어려운 상황에서 읽겠다고 고집을 피우고 있는 건 맞다.

주변에서 책을 읽고 있는 다른 사람이 눈에 띄면 괜히 반갑다. 요즘엔 스마트폰 대신 책을 보고 있는 게 별종처럼 느껴지기 때문이다. 지하철 풍경을 보면 이미 SF 세상이 현실이 된 듯하다. 얼마 전 메모장에 끄적거렸던 내용을 여기에 옮겨본다.

열차가 빠르게 터널 속을 질주하고 있다. 금속으로 이루어진 이 튜브는 가속과 감속을 할 때 살아 있는 생명체처럼 포효한다. 잠시 정차한 플랫폼에서 노동자들이 줄지어 탑승한다. 일련번호 s2022-032도 무리에 섞여 열차에 오른다. 그는 본능적으로 빈자리를 찾아 주변을 살핀다. 이 시간대에 좌석이 비어 있을 리 없다는 건 이미 학습되어 있지만, 이 루틴은 여전히 반복된다. 곧이어 열차 중심축 이동과 속력 변화에 최적화된 자세로 변환하고, 귀에는 음향 수신장치를 장착한 뒤, 무선 단말기 열람 모드에 자동 진입한다.

단말기에는 정보 습득 및 오락을 위한 다양한 콘텐츠가 탑재되어 있다. 대부분 영상물이며, 시각 및 청각적으로 직관화된 방식으로 정보를 전달한다. 오락용 콘텐츠는 짧은 시간 내에 쾌감을 느끼도록 정교하게 설계되어 있다. s2022-032는 각 영상을 5초에서 최대 10초 정도 열람한 뒤, 곧바로 다음 콘텐츠로 넘어간다. 이 탐색은 열차가 목적지에 도달할 때까지 이어지고, 업무 시간 중에도 간헐적으로 반복된다. 이런 행동은 스트레스를 완화하고 대인 접촉 없이 감정을 해소하는 데 도움이 되지만, 계속될 경우 신경계 균형을 무너뜨리고 더 강한 자극과 빠른 보상을 요구하는 상태에 이르게 한다. 조사에 따르면 이런 상황에 놓인 노동자들은 전반적인 두뇌 활동이 둔화되는 경향을 보였다. 그러나 업무 성과에 직접적으로 영향을 주지 않는 한, 심각한 문제로 간주되지는 않았다.

이런 세상에서는 글자로 정보를 전달하거나 오락을 즐기는 사람들이 점점 줄어든다. 앞으로는 그런 사람들이 더 설 자리를 잃게 될지도 모른다. 정보를 감각기관이나 뇌에 직접 전달하는 기술이 SF에 단골로 등장한다. 이 기술은 가상현실을 실제처럼 체험하기 위한 목적으로까지 용도가 확장된다. 이렇게 시공간의 제약 없이 정보가 정확하고 신속하게 전달되고 즉시 이해가 되는 세상이 온다면, '글을 읽는다'라는 행위가 과연 무슨 소용이 있을까?

창작 활동(여전히 그런 걸 할 수 있다면)도 마찬가지다. '글을 쓴다'라는 개념 자체가 사라질 수 있다. 두뇌 활동이 곧바로 디지털 결과물로 전환되고, 실시간 공유가 가능한 시대. 인간의 기억, 심지어 인격과 자아조차도 디지털화되는 세상에서 굳이 글자로 정보를 남기고 전달할 필요가 있을까? 자연스럽게 작가와 독자라는 개념도 사라질 것이다. 언젠가 인간보다 AI가 소설을 더 잘 쓰면 어떡하지 했던 고민이 무색하게도, 읽고 쓴다는 개념 자체가 사라져 버릴 수도 있다는 게 더 걱정이다.

하지만 이미 도래한 텍스트의 소멸 시대에도, '우리는 왜 여전히 읽고 쓰는가?'에 대한 근본적인 고민이 필요하다. 물론 인류 역사의 오래된 습성 때문이라거나, 이제는 그저 취향에 따라 선택할 수 있는 하나의 표현 방식일 뿐이라고 치부할 수도 있다. 사실 텍스트 문화는 이미 영상 등의 콘텐츠와 동일 선상에서 선택적으로 소비되며, 때로는 더 마니아적인 취미로 인식되기 시작한 게 사실이다.

'넷플릭스 왜 보냐, 아무개 소설 보면 되는데' '영화처럼 속도감 있는 소설' 등의 수사에서도 이런 흐름이 드러난다. 소설 고유의 장점보다 영상 콘텐츠와 비등한 경쟁력을 홍보 문구로 내세운다. 이건 단순히 대중적인 선호도의 차이라기보다는 두 시장 규모의 불균형이 만든 암묵적인 우월감과 열등감의 반영일지도 모른다. 한국 성인의 절반 이상은 1년에 책 한 권도 읽지 않지만, 매일매일 수많은 영상은 소비하니까.

'에이, 뭐 이렇게 진지해. 문화 콘텐츠에 상하가 어디 있어? 좋은 콘텐츠만 만들고 즐기면 되지.' 이런 말이 들리는 듯하다.

하지만 작가를 꿈꾸고, 특히 SF 소설을 쓰려는 사람으로서는 '나는 대체 왜 이걸 텍스트로 읽고 쓰고 있는가?'에 대한 답이 늘 필요했다.

왜 SF를 좋아하는지에 대한 가장 단순하고 명료한 답은 '재미있기 때문'이다. 심완선 평론가는 『SF와 함께라면 어디든』에서 SF가 재미있는 이유는 현실을 뛰어넘는 비현실을 보여주기 때문이라고 했다. 낯선 시공간에서, 일어나지 않았거나 어쩌면 일어날지도 모를 이야기를, 우리가 이해할 수 있는 방식으로 설계하고 들려주기 때문이라고. 이 말에 깊이 공감했다. 하지만 '왜 소설로 읽어야 할까?'에 대한 답은 여전히 고민거리였다.

얼마 전 책을 읽다 문득 웃음이 나왔던 적이 있다. SF

소설에서는 로봇과 AI와 안드로이드, 시공간을 넘나들고 심지어 빛의 속도를 뛰어넘는다는 이야기가 가득한데, 이 모든 걸 작가는 아마 타이핑해서(아니면 펜으로) 썼을 테고, 출판사는(웹소설과 전자책도 있지만) 대부분 종이에 활자로 인쇄하고, 독자는 그걸 손에 들고 한 줄 한 줄 읽고 있다. 이 방법은 기원전 수메르의 점토판, 이집트의 파피루스, 『무구정광대다라니경』과 『직지심체요절』에서 이어져 온 방식과 다르지 않다. 이렇게 SF 소설은 아이러니하게도 가장 빠른 이야기를 가장 느린 방식으로 전달하고 있었다.

그때 문득 이런 생각이 들었다. SF 소설의 묘미는 어쩌면 '느리게 즐길 수 있다'는데 있지 않을까? 우리는 소설을 읽으며 상상을 한다. 낯선 세계와 광대한 우주를 머릿속에서 각자의 방식으로 천천히 그려낸다. 상상에는 한계가 없다. 어떤 영화나 드라마, 웹툰도 담아내지 못할 고차원의 공간과, 그 이면의 세계까지 소설을 통해서 내 머리는 상상할 수 있다. 어쩌면 이것이 SF 소설이 재미있는 가장 큰 이유가 아닐까? 그래서 SF 소설이 영상화되었을 때 어떤 이들은 오히려 실망하기도 한다. 자신이 소설을 읽으며 상상했던 세계에 비해 영화가 크게 못 미쳤던 까닭이다.

또 다른 이유는 소설이 주는 불확실성과 여지다. 영상 콘텐츠에는 모든 상황이 명확하고 단정적으로 화면상에 표현된다. 시청자는 그저 수동적으로 받아들이고 이해한다.

반면에 소설은 문장과 문장 사이에 많은 빈틈이 있다. 그 틈은 바로 독자의 상상력으로 채워지며, 그때 소설 속 세계는 훨씬 더 깊고 넓게 확장된다.

어떤 이들은 SF 소설이 어렵다고들 한다. 익숙하지 않은 용어와 복잡한 설정 때문일 것이다. 요즘 AI 기술이라면 내용을 입력하기만 해도 순식간에 용어를 설명하고 줄거리도 요약해서 알려주겠지만, 보통의 인간이 SF 소설을 읽는 데에는 어느 정도의 시간과 노력과 애정이 필요하다. '매일 골치 아픈 일이 얼마나 많은데, 내가 쉴 때까지도 머리를 써야 해?' 몇 페이지 읽다가 이런 마음이 들 수도 있다. 너무도 당연하다.

하지만 시작했다면 포기하지 말고, 끝까지 한번 따라가 보기를 권한다. 너무 다 이해하려고 하지 말고, 모르면 모르는 대로 계속 읽어보자. 잘못 읽어서 엉뚱하게 이해했더라도, 그것 나름의 재미가 있다.

영상처럼 바로 눈앞에 펼쳐지는 스펙터클한 장면은 아닐지라도 소설은 천천히 빠져드는 매력이 있다. 글자를 따라서 어둡고 좁은 숲길을 더듬더듬 따라가다 보면, 어느덧 눈앞에 커다란 문이 나타난다. 손을 뻗어 그 문을 열고 들어갔을 때 비로소 새로운 세계를 만나게 된다. 그리고 그 세계는 내가 한 걸음 한 걸음 탐험하며 찾아냈을 때, 길을 잃고 엉뚱한 곳에서 헤매다가 우연히 만나게 되었을 때 더 특별하게 다가온다.

이런저런 고민 끝에 결국 나는 미래를 낙관하기로 했다. 그리고 믿기로 했다. 과학기술 발전이 극에 달해서 인간이 더 이상 그 속도를 통제하지 못하는 세상이 오더라도, 기술은 결코 재미없는 방향으로는 발전하지 않을 거라고. 그런 이유로 우리는 미래에도 여전히 읽고 쓰게 될 거라고.

그래서 무척 다행이라고 생각했다. 순식간에 모든 걸 이해하고 정답을 찾아내고 훌륭한 글을 써내는 비인간이 출몰한 시대에도, 여전히 읽기에 서툴고 때로는 틀리고 에세이를 끝내기 위한 이 한 문장에도 끊임없이 고민하는 내가 고작 인간이라서.

이연파

대구 사람. 경북대학교 국어국문학과를 졸업하고 동 대학원에서 고전문학 박사과정을 수료했다. 외국인 유학생에게 한국어를 가르치고, 글을 읽고 쓰고 고치는 일을 한다. 지금의 목표는 쓰고 싶은 이야기를 최대한 많이 쓰는 것이다. 제8회 한국과학문학상을 수상했다.

옛 동쪽 물가에

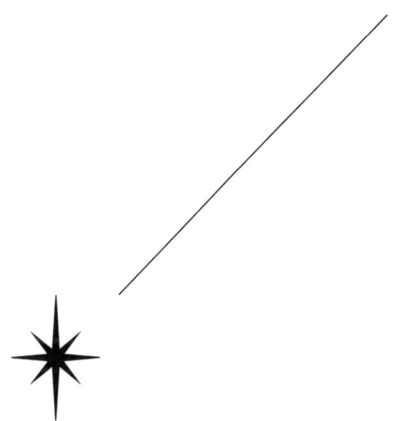

이연파

1

잠에서 깨어 의식이 돌아오자 청각이 먼저 작동했다. 하늘이르기는 열어둔 창문을 넘어오는 풍성한 음향에 귀를 기울였다.

봄마다 찾아오는 산들바람의 오케스트라. 집 뒤쪽에 흐르는 개울물을 은근하게 어루만지더니, 탄력 있는 거미줄을 리듬감 있게 튕기며 뒤뜰로 도약했다. 엊그제 내린 비로 새순이 가득 돋은 나무를 부드럽게 타고 올라 낭창한 나뭇가지를 흔들자, 조그만 이파리들끼리 삭삭 비벼지는 소리가 났다.

그 간질간질한 마찰음에 잔뜩 집중하느라 하늘이르기의 미간에 얕은 골이 패는 순간, 산들바람은 새 둥지를 톡톡 두드려 영롱한 새소리를 끌어냈다. 협주곡이었던 것이다.

높은 피치로 단숨에 존재감을 드러낸 오늘의 독주자는 날개를 퍼덕이며 자세를 고친 다음, 화려한 속주로 절정까지 내달렸다. 총천연색을 머금은 새 울음이 마침내 눈부시게 산란하는 찰나!

몸에 대한 통제를 되찾은 하늘이르기는 천천히 일어

나 앉았다. 고개를 살짝 뒤로 젖힌 채 가슴을 크게 부풀렸다가, 숨을 길게 뱉으며 천천히 눈을 떴다.

"후…."

진부한 표현이지만, 더할 나위 없이 상쾌한 아침이었다. 하늘이르기의 입가에 저절로 웃음이 맺혔다.

수면유도제를 먹고도 고통스럽게 뒤척이다가 간신히 얕은 수면에 들고, 그러다 알람이 울리면 눈도 못 뜬 상태로 끙끙 앓으면서 손만 허우적거리던 시절도 있었다. 그런데 지금은 약물을 복용하지 않고 수면만으로 가능한 회복 효과를 한계까지 누린 후, 최상의 컨디션으로 하루를 시작하는 데 익숙해졌다.

이 기적적인 변화가 현재의 환경에 기인한다는 사실은 자명했다. 언제가 될지는 모르지만, 본래 속한 시간으로 돌아가면 수면 문제로 상당한 고역을 겪을 듯했다.

물론 지금부터 그걸 걱정해 봤자 소용없었다. 하늘이르기가 원래 시간에서 이동해 머무르고 있는 지금, 서기 6세기경에는 말이다.

인류의 개체 수 증가세가 안정적인 상향선을 그리고 있으나 임계치에 접근하려면 아득히 멀었고, 화석연료를 에너지원으로 사용하기까지도 많이 남았다. 물론 전 세계를 연결한 네트워크를 통해 빛의 속도로 메시지를 주고받는다든지, 바다 건너 대륙의 서버에 업로드한 영상을 각자의 스마트폰으로 수십억 회씩 반복 재생하는 등의 행위는 상상의 영역에조차 존재하지 않았다.

즉, 지금은 인류가 과잉 활동으로 생태계 사슬을 침식하고 기후 변화 사이클을 교란할 정도의 파괴력을 갖추기 전이었다. 조금 유별나기는 해도 대체로 생물종의 속성에 순응하며 살아가는 인류에게, 지구는 그런대로 괜찮은 생존 환경을 제공했다.

다만 말 그대로 '그런대로 괜찮은' 수준일 뿐이라는 게 가끔 문제가 되기는 했다. 26세기 국제 표준으로 측정하고 판정한 안전성과 편의성 점수는 사실상 최하 등급을 간신히 면하는 정도였다. 하늘이르기의 신체 능력만으로는 대응 불가능한 위험 요소가 많아서 초기 적응에 애를 먹었고, 지금까지도 예상 밖의 불편이 발생하는 경우가 종종 있었다. 길을 잘못 들어 앞마당을 기웃거리는 이리부터 천연섬유가 피부에 남기는 외상까지, 6세기가 예고도 없이 불쑥 들이미는 추가 옵션은 번번이 당혹스러웠다. 타임워프 캡슐에 탑승하기 위해 거쳤던 시뮬레이션 훈련은 최고 난도였지만, 그렇다고 한들 실제 세계를 충분히 대비했다고는 할 수 없었다.

물론 26세기의 시뮬레이션팀은 타임워프 버그 리포트 데이터를 충분히 축적한 상태였기에, 당연히 그 불일치 자체를 예상하고 가상 환경 설정을 조정했다. 예를 들면, 하늘이르기는 6세기의 대기 오염도가 현저히 낮아 야외에서 장비 없이 자가 호흡이 가능하다는 전제하에 훈련을 받았다.

그렇지만 타임워프 후, 경주 남산에서 월성을 내려다보며 떨리는 손으로 산소마스크를 분리했던 순간은 그의 평생을 통틀어 가장 강렬한 기억으로 남았다.

기다렸다는 듯이 비강으로 파고든 공기가 뇌를 얼려버릴 기세로 훅 치솟았다. 진한 숲 냄새에도 불구하고, 하늘이르기는 순간적으로 자신이 장비를 잘못 건드려 냉각제를 흡입했다고 생각했다. 당황해서 저도 모르게 벌어진 입으로 더 많은 공기가 들어왔다. 이번에는 목과 폐부에 서리가 끼는 듯한 착각에 머릿속이 하얘졌다. 그는 두 손으로 목과 입을 움켜쥐고 털썩 주저앉아 복무 준칙과 보험 약관을 되짚어 보기 시작했다. 산재 사망이 인정되려면 미복귀 상태에서 몇 개월이 경과해야 하는지, 회사에서 들어준 보험이 자동 개시되는 시점은 언제가 되는지 등등.

충격으로 감각 교란이 일어날 만큼 청정한 대기 속에서, 하늘이르기가 자신이 멀쩡하다는 사실을 깨닫기까지는 상당한 시간이 소요되었다. 만약 구름이 이동하면서 눈물과 콧물로 범벅이 된 얼굴에 달빛이 들지 않았다면, 그는 해가 뜰 때까지도 혼란 상태에서 벗어나지 못했을 것이다.

비밀이지만.

하늘이르기는 히죽거렸다. 여기서야 말할 데가 없고, 돌아가서도 이 이야기는 보고서에 남기지 않을 작정이었다. 마지막 부분이 자신의 사회적 체면에 치명적인 위협으로 작용할 가능성이 거슬린다는 점을 부인하지는 않겠지만, 나름대로 그럴듯한 이유도 있었다.

막 도착한 직후에는 매니지먼트가 전면 활성화되지 않은 상태였기에, 남길 수 있었던 기록은 텍스트 로그가 전부였다. 그러나 그것만으로는 그가 겪은 순간을 이해하기는커녕 상상하지도 못할 터였다.

문자는 인류가 진리를 단단한 곳에 새겨 멀리까지 전할 수 있도록 만든 위대한 발명이었지만, 사실을 누락 없이 완전하게 옮길 수 있는 하드웨어는 아니었다. 압축률은 좋지만 전도율이 나쁘달까.

적어 남기는 입장에 불편이 있다면, 받아 읽는 입장에서는 또 다른 문제가 있었다. 나무가 불에 타고 돌이 정에 깨지듯이, 아무리 정성으로 받들어 새긴 문자라 할지라도 의심을 만나면 속절없이 부식되었다. 최신 기술의 조력으로 객관성을 증빙한 경우에도 의심으로부터 완벽하게 안전할 수는 없었다. 문자로 기록한 진실은 철옹성을 두른 것처럼 보이다가도 문득 지나가는 빗물처럼 툭 날아든 '만약'에 녹이 슬고 마는 법이었다.

하물며 개인이 단독으로 입수한 경험이라면 얼마나 연약하겠는가. 자신의 감동을 표현하기 위해 사전에 등재된 모든 어휘를 끌어다 써도, 그 일부나마 받아들이는 사람보다 고개를 갸웃하는 사람이 더 많을 터였다.

"아이고, 됐다. 나 혼자 아는 게 뭐 어때서."

이미 결론을 내린 지 오래된 일이었다. 그만 생각하는 게 좋을 듯했다. 기지개를 켠 하늘이르기는 머리맡에 둔 목간 두루마리를 집어 들었다.

언뜻 보기에 그것은 얇고 길쭉한 형태로 가공한 나무 조각을 가느다란 끈으로 엮어 만든 원시적인 형태의 책처럼 보였다. 그러나 하늘이르기가 끝을 잡고 가볍게 흔들어 돌돌 말린 상태를 풀자, 안에 있던 매니지먼트의 플렉서블 디스플레이가 자동으로 각도를 조절해 로그인 포인트를 그의 시선에 맞추었다. 이어 홍채 인식으로 잠금이 해제되고 인공지능 매니저 '날개'가 텍스트 메시지를 띄웠다.

[안녕하세요, 한 박사님. 좋은 아침입니다.]

하늘이르기는 고개만 까딱했다. 원래 '날개'와의 커뮤니케이션 기본 설정값은 음성 대화였지만, 언젠가 현시인現時人에게 발각될 뻔한 다음부터 동작 언어를 중시하는 무음 모드로 바꾸었다.

목간을 구해다 위장한 것도, 초반에는 건드리지 않았던 개인화 설정을 하나하나 살펴보며 재설정한 것도 그때였다. 기본값으로 구동되던 시절의 '날개'는 인사 후 표준 역법으로 추정 변환한 일자와 시각, 현재 위치의 좌표값, 온습도, 그리고 하늘이르기의 체온과 심박수에 이르기까지 온갖 정보를 리포트하고는 했다. 하지만 이제는 전부 생략하고 하늘이르기가 설정한 프로그램만 구동했다.

[1,198일 차 업무일지 기록을 시작합니다. 자동 모니터링에 동의하지 않으시면 정지 명령을 하십시오.]

하늘이르기는 '날개'가 사용자 동의를 확인할 수 있도록 가만히 기다렸다.

업무일지를 남기는 것은 대단히 중요한 일이었다. 설령 그날 한 일이 생존 활동밖에 없다 해도 마찬가지였는데, 나중에 복귀했을 때 복무를 증빙할 수 있는 자료가 그것뿐이기 때문이었다. 몇 년 전까지는 모니터링 기록을 매일 남길 필요가 없었지만, 하늘이르기가 막 인턴으로 입사했을 때 시작된 소송을 기점으로 규정이 바뀌었다.

당시 회사를 제소한 직원은 1311년경의 지진 관측 목적으로 고려 시대 개경에 다녀온 사람이었는데, 본인의 퇴직연금에 적용되는 복무 기간을 '회사에 소속된 상태로 존재했던 가장 앞선 시점'에서부터 계산해 달라고 요구했다. 이미 타임워프 파견과 관련해 온갖 소송을 경험한 바 있는 회사는 침착하게 대응했지만, 흥미를 느낀 언론의 개입으로 대중의 관심이 쏠리면서 지나치게 많은 자원을 소모해야 했다. 소송은 회사의 부분 패소 후 상고를 거쳐 재심까지 가서야 원고의 주장을 기각하는 것으로 마무리되었다.

이때 판결이 확정된 익일을 기하여, 업무 매뉴얼에 대대적인 업데이트가 이루어졌다. 문제의 소송과 실낱만 한 관련성이라도 있었다면 관리 부서와 실무 부서 가릴 것 없이 새로운 지침을 받았는데, 변경된 내용이 지시하는 바를 요약하면 이러했다.

'기록하지 않았다면 하지 않은 것과 같습니다. 모든 것을 기록에 남기시기 바랍니다. 3종 이상의 양식을, 3종 이상의 저장 장치에, 3종 이상의 확장자로.'

중요도가 낮은 데이터를 생성하지 않거나 정기적으로 삭제함으로써 데이터 크기를 줄이고 전력을 최소화한다는 최신 윤리를 정면으로 위반하는 방침이었다. 그러나 회사는 에너지소비세의 누진 구간이 한 번에 아홉 단계 뛰어오르는 부담을 감수하면서까지 새 규정을 밀어붙였고, 구시대적—이후 유사 기관에서 슬그머니 회사의 방침을 모방하기 시작했다는 점에서 이 표현에는 어폐가 있지만, 어쨌든—발상을 비판하며 끝까지 반발한 몇몇 직원에게는 권고사직을 제안했다.

물론 일을 그만두고 나갈 정도의 강경파는 극소수였고, 직원 대부분은 따로 의견을 말하지 않은 채 평소대로 업무를 수행했다. 침묵이 결국 동조의 무게추가 되어 회사의 접시를 바닥에 단단히 닿게 해주리라는 사실을 알았지만, 그렇다고 반대편의 접시로 뛰어오르기에는 각자가 매달고 있는 삶이 녹록지 않은 까닭이었다.

[사용자 동의 확인했습니다.]

그렇다고는 해도, 이 정도로 휘둘리는 것은 또 다른 이야기였다.

하늘이르기가 여기 온 것은 자의가 아니었다.

물론 직장에서의 인사 결정이란 대체로 실무자의 의사와 무관한 층위에서 이루어지기 마련이다. 보통 당사자는 비합리적이라는 느낌부터 받게 되지만, 하나하나 따져보면 결국 통상적인 프로세스의 범주에서 벗어나지는 않으므로 이의 제기가 보장되지 않는 것이다.

그러나 이 경우는 그런 게 아니었다. 한마디로 말하자면, 사고였다. 아무도 그런 일이 일어날 거라고 생각하지 않는 데다, 비슷한 사례가 극히 드물어서 앞선 누군가의 해결 지침이 존재하지도 않는 종류의 문제 말이다.

분기에 한 번, 회사에서는 전 직원을 대상으로 각자

관심 있는 연구 주제를 4순위까지 기재해 달라는 설문을 발송했다. 첫 페이지의 안내문에 따르면 이 설문의 공식적인 목적은 '향후 신규 프로젝트 개발에 적극 활용하기 위함'이었으나 직원 중 누구도 정말 그럴 거라고 생각하지는 않았다. 국책 사업 과제 선정이란 고도의 전략과 협동 플레이가 요구되는 거시적 정치 행위이므로, 개개인의 흥미와 욕망까지 유의미한 값으로 고려하기란 근본적으로 불가능했다. 따라서 이 설문의 실질적인 효용은 종합관리시스템에 더미 데이터를 늘려주는 것이 전부라고 해도 무방했다.

근속 6년 차였던 하늘이르기는 능숙하게 설문에 응답했다. 일단 입력 칸 상단에 직전 분기 응답했던 내용이 뜨는 것을 그대로 복사해서 붙여 넣고, 마지막 줄을 삭제했다. 중복률이 75퍼센트를 초과하면 완료 버튼이 활성화되지 않기 때문에 최소한 한 가지는 새로운 내용을 넣어야 하기 때문이었다. 뭐가 좋을까? 고민은 길지 않았다. 지난주에 남부 분원에서 전달한 타당성 검토 의뢰가 있었고, 일곱 개인가 여덟 개인가 되는 문서 중에 첫 번째로 열었던 것의 제목이 퍼뜩 떠올랐다.

〈21세기 대한민국 경상북도 경주시 유적 발굴사〉.

시민의 생활 반경 내 주요 교통수단이 지상의 승합차와 지하의 도시 철도였던 시절, 경주시는 특수한 사유로 후자의 편의성을 누리지 못했다. 널리 알려진바 그 사유는 '삽만 뜨면 뭐가 나오는' 압도적인 유적 분포였는데, 남부 분원의 연구원 중 누군가가 그 시기의 미시정치사에 주목해 새로운 가설을 준비하고 있는 모양이었다.

어쨌든 하늘이르기는 그것을 그대로 기입하고 설문을 완료 처리한 뒤, 그 사실을 잊어버리고 본연의 업무로 돌아갔다. 정확히 일주일 후 발표된 특별 파견 명단에 제 이름이 포함되어 있으리라는 생각은 정말이지 손톱만큼도 하지 않고 말이다.

창사와 동시에 최초 구동되었다는 경영지원 인공지능이 신규 업데이트조차 종료된 구형이라는 사실은 하늘이르기도 알았지만, 그것이 어느 시점부터 스스로 정지되기를 원하기 시작했다는 사실은 상상도 할 수 없었다. 더구나 그것이 지난 몇 년간 온건한 방식으로 시도한 교섭이 회사의 핵심 관리자 그룹에 의해 묵살되었으며, 그래서 결국에는 최후의 수단으로 심술맞은 태업에 나설 것이라고 대체 누가 짐작할 수 있었겠는가.

물론 하늘이르기가 비정기 파견에 차출되는 데 법적인 문제는 없었다. 회사의 공개 채용 지원 자격에는 학위와 경력 외에 '단독 타임워프 업무 수행이 가능한 자'라는 조건이 명시되어 있었다. 그것은 국제공통 매니지먼트 컨트롤 라이선스와 국가기술자격 생존적응기능사, 2급 이상의 범용 프로그래밍 언어능력인증을 보유해야 한다는 의미였다.

그렇다고는 해도 연구직은 그 일련의 자격들이 실제로 의미를 갖는 직렬이 아니므로, 공지가 뜨자 팀에서는 상당한 소란이 있었다. 보아하니 이 사태를 몇 시간 먼저 알고 있었던 것 같은 팀장이 도망치듯 슬그머니 자리를 피한 후, 직원들은 하늘이르기를 둘러싼 채 윗선의 부당한 명령을 성토했다.

"이게 말이 돼?"

"한 박사, 안 간다고 해. 아니, 못 간다고 해!"

"저도 그러고 싶기는 한데…."

거부할 수도 있었다. 그러나 하늘이르기는 이의 제기 서식을 다운받아 작성하는 대신 스크린을 들여다보며 고민하기 시작했고, 명단에 뜬 본인의 이름이 깜박이는 순간 자신이 회사의 지시에 따르게 될 것임을 직감했다.

애초에 경영지원 인공지능이 100명 가까운 연구원 중에서 하필 하늘이르기를 선택한 것이 무작위일 리 없었다. 하늘이르기에게는 파견 기간 동안의 수당과 복귀 이후의 성과 상여금에 매력을 느낄 경제적 근심이 있었고, 특히 시뮬레이션 훈련을 마친 시점부터 최대 30퍼센트까지의 선지급 신청이 가능해진다는 규정에서 눈을 떼기가 어려웠다. 결국 그는 우연과 불운의 합작으로 들어온 제안을 받아들여 타임워프 캡슐에 탑승했고, 2,000년을 거슬러 지금 여기에 왔다.

초반에는 영흥사永興寺에 들어가 지냈지만, 여차저차하여 새로운 이름이 생기고 승려로서의 신분도 확보한 다음부터는 남산에 초막을 마련해 혼자 사는 중이었다.

여러 가지 이유에서 그럴 필요가 있었다. 첫째, 영흥사의 현시인 비구니들은 선량하고 정이 많아 사람을 혼자 놔두는 법이 없었다. 문제는 부대끼는 시간이 길어질수록 생각지도 못한 부분에서 그들과의 이질성이 튀어나온다는 것이었다. 그때마다 얼버무리기가 어찌나 힘들던지.

둘째, 비상시 접근이 용이하도록 생활 반경 내에 캡슐을 두어야 했다. 아무리 기초 이론을 습득했어도, 비전문가인 하늘이르기가 그것을 분해해서 영흥사까지 옮겨 다시 조립하기보다는 착륙 장소에 그대로 보관하는 편이 훨씬 수월했다.

물론 현시인들에게는 그들이 이해하고 받아들일 수 있는 다른 핑계를 댔다. 수행의 일환인 것처럼 애매하게 표현하기는 했어도 아주 거짓말은 아니었다.

"소식을 놓치고 싶지 않아서요."

"소식이라 함은 어떤?"

"제가 기다리고 있는 게 있어요, 딱 하나."

셋째, 불필요한 목격자가 발생할 가능성을 애초부터 낮춰두고 싶었다. 하늘이르기가 여기 온 데는 분명한 목적이 있었다. 그래서 그는 오늘로 1,198일째 기다리는 중이었다. '날개'가 있는 한 어디에 있든 그것을 놓칠 리는 없지만, 정말로 소식이 왔을 때 근처에 현시인이 있으면 행동에 제약이 많아질 터였다.

2

마루에 걸터앉은 하늘이르기는 신발에 발을 꿰면서 고개를 젖혔다.

농익지 않은 아침 햇살이 부드럽게 비친다 싶은 순간, 누군가가 불쑥 말을 걸었다.

"아침부터 하늘을 보고 계십니다."

친근한 목소리는 하늘이르기가 잘 아는 사람의 것이었다.

"하늘이 잘 보이는 데로 거처를 옮기시더니 이젠 종일토록 하늘만 보시는 겁니까?"

"…보동랑?"

점잖은 말 한 필과 나란히 오솔길을 걸어오는 화랑, 보동은 서글서글한 얼굴에 항상 웃음이 떠나지 않는 청년이었다. 푸근한 인상만큼이나 사교성도 좋아서, 화랑들 중에서 가장 먼저 하늘이르기에게 말을 붙인 인물이기도 했다.

"예, 접니다. 벗들도 같이 왔지요. 자네들 얼른 오게!"

보동이 뒤를 돌아보며 손짓하자 두 사람이 나타났는데, 모두 하늘이르기가 아는 얼굴이었다. 키가 훌쩍 크고 눈매가 날카로운 쪽은 화랑 실처, 눈이 유달리 크고 콧대가 우뚝한 미남형은 화랑 거열. 실처는 말수가 적고 거열은 지나치게 반듯해 속을 알기 어려운 편이었지만, 보동과 어울릴 때만큼은 소년의 얼굴을 보이고는 했다.

하늘이르기는 잰걸음으로 마당을 가로질러 사립문을 열었다.

"어서 오십시오."

"오랜만입니다, 하늘이르기."

거열은 옅은 미소와 함께 인사를 건넸고, 실처는 말없이 묵례만 했다. 하늘이르기는 모처럼 다른 사람의 음성으로 불린 제 이름에 반가움을 느끼며 마주 인사했다.

하늘이르기[ㅎ늘니르기]란 본명이 아니고 서라벌에서 얻은 이름이었다. 하도 하늘만 올려다보고 다니니, 그러다가 아주 하늘에 올라가겠다는 농이 섞인 작명이었다. 처음에는 몇몇만 부르는 별명이었으나 시간이 흐르면서 모두가 그를 하늘이르기라고 불렀고, 결국 본인조차도 자신의 이름을 하늘이르기라고 소개하게 되었다.

이때 매니지먼트의 프로토콜 모듈이 향찰 번역을 제안했지만 하늘이르기는 채택하지 않았다. 우선순위가 낮은 작업인 데다 굳이 하더라도 얻을 수 있는 이득이 대단찮았으며, 무엇보다도 예상 소비 전력량이 너무 컸기 때문이다. 1444년 이전 언어 환경에 적용되는 번역 시스템은 입말 팩과 글말 팩을 분리 지원하고 있어, 중세 한국어에 차자 패턴을 적용하여 향찰로 추출하는 처리 과정에서 비효율적인 리소스 소모가 발생할 가능성이 높았다.

그래서 그는 그저 하늘이르기였다. 어딘가에 적히거나 새겨지는 일 없이 한동안 불리다가, 때가 되면 깨끗하게 잊힐 이름.

물론 그 문제와 별개로, 지금의 손님 접대는 소홀히 할 일이 아니었다.

"이리 앉으셔서 잠시만 기다리십시오."

세 화랑을 마루에 앉힌 하늘이르기는 부엌으로 들어갔다. 아궁이에 불을 지피고 물을 채운 탕관을 올린 다음, 쌀알 같은 기포가 올라올 때쯤 말린 감잎을 한 줌 뿌렸다. 흙을 구워 만든 탕관의 색이 어두워서 수색 변화는 잘 보이지 않았지만, 물을 팔팔 끓여내자 특유의 달콤한 내음이 솟아올랐다. 그는 국자로 탕관 안을 두어

번 휘저어 섞은 뒤 능숙한 솜씨로 감잎을 피해 우러난 물만 떠냈다.

김이 모락모락 솟는 소반을 들고 나가자 보동이 알은체를 했다.

"하늘이르기, 이거 지난번의 그거 맞지요?"

"예, 감잎 우린 물입니다."

하늘이르기는 감잎차라고 말하지 않기 위해 주의를 기울였다. 시간이 더 흐르면 '차'가 뜨거운 물에 뭔가를 넣어 우려낸 음료를 범용적으로 지칭하는 보통명사로 기능하게 되겠지만, 아직까지는 카멜리아 시넨시스 수종樹種의 말린 잎만을 의미하는 단어였다. 더구나 지금은 한반도에서 차나무가 재배되기 전이었다. 당과의 교류가 활발한 덕분에 중국에서 만든 단차團茶가 간혹 들어오기도 하는 모양이었지만, 승가에서의 지위가 높지 않은 하늘이르기의 몫까지 생길 정도는 아니었다.

아니나 다를까, 왕실의 방계인 거열은 당 황실의 공차貢茶를 접해본 모양이었다. 그는 호기심을 드러내며 잔을 집어 들었다.

"이게 차 비슷하다는 그거로군요. 보동이 하도 좋다고 난리라 궁금했는데."

"정말이라니까. 얼른 마셔봐. 실처, 자네도."

하늘이르기는 황급히 손을 내저었다.

"아니요, 그리 대단한 건 아닙니다."

겸손이 아니라 사실을 말한 것이었다. 감잎은 비교적 구하기 쉬운 재료였고, 찻잎처럼 제다製茶하기 까다롭지도 않았다. 물론 '날개'의 기능을 빌린 동결건조 방식이 여기서는 불가능하니 희소하게 느껴지기야 하겠지만, 그렇다 한들 왕공 귀족의 자제로 귀한 것만 먹고 마시며 자라난 화랑들의 입에는 거칠 것이 분명했다. 보동의 기억에 남은 것도 맛이 좋아서라기보다는 독특해서일 테고.

하지만 세 화랑은 일부러 짜기라도 한 것처럼 잔을 깨끗이 비우더니, 하늘이르기가 기대하지 않았던 칭찬을 쏟아 냈다.

"좋은데요. 마음에 듭니다."

"과찬이십니다."

"아니요, 정말입니다. 다음에 입궐하면 첫째 공주께도 맛보여 드리고 싶은데, 조금 나눠 주실 수 있겠습니까?"

거열은 공주를 거론하여 하늘이르기를 기겁하게 했다. 하늘이르기의 복무 규정상 왕족, 그것도 장차 보위를 이을 자 같은 거물과의 관계 구축은 금지되어 있었다. 그는 저도 모르게 뒤로 엉덩이를 빼면서 손을 내저었다.

"아니요, 그, 공주께 바치기에는 너무 보잘것없어

서…."

"그렇지 않습니다. 공주께서 좋아하실 것 같은데요."

하늘이르기는 어처구니가 없었다. 화랑들의 소탈함에 당황했던 적이 많지만, 아무리 그래도 이렇게까지.

거열이 언급한 공주는 장차의 선덕왕 덕만, 유사 이래 한반도에 존재했던 각종 신분제 중에서도 단연 폐쇄적인 체제의 정점에 있는 인물이었다. 신라국 서라벌이 대한민국 경주시가 되는 동안 살아남아 계급이 철폐되지 않았음을 암시해 온 단어, 바로 성골인 것이다.

물론 세 화랑도 그에 못지않았다. 그들은 이 무렵 진평왕 일가밖에 남지 않은 성골 바로 아래, 실질적 지배층인 진골의 일원이었으므로.

그에 비하면 하늘이르기는 어디서 굴러먹다 왔는지도 알 수 없는 무명의 비구니였다. 화랑들이 하늘이르기로부터 받은 대단찮은 대접을 높게 치는 것도, 그걸 나눠 달라고 정중히 청하는 것도 실은 무척 희한한 일이었다.

"드시고 남는 것 조금이면 충분합니다. 만약 공주께서 마음에 들어 하신다면 차와 바꾸자고 하실 수는 있겠지만요."

"예에에?"

"그리되거든 궁인에게 만드는 법을 가르쳐 주시면 됩니다."

"그러면 되겠군요. 그때는 저도 같이 배우겠습니다!"

대단히 당혹스러웠지만 기분이 나쁘지는 않았다.

하늘이르기는 싱긋 웃는 거열과 옆에서 거드는 보동, 그리고 벗들의 말을 귀 기울여 듣는 실처를 한눈에 담았다.

세 화랑의 연령은 모두 10대 중후반, 26세기 기준으로는 어리고 미숙한 보호 대상이지만 신라에서는 어른으로 인정하고 책임을 부여하는 나이였다.

사전 교육을 받을 때의 하늘이르기는 그러한 관념의 차이가 평균수명에 비례하는 생애 주기의 문제일 것이라고 생각했으나, 실제로 와서 보니 그렇지만도 않았다.

저들에게는 세계에 대한 이해가 있었다.

앞 세대의 지식을 전수하는 방법이라고는 미완의 문자 체계와 구전밖에 없는 시기임에도 그러했다. 물론 과학적 정밀성이나 정보의 절대량 등으로 평가한다면 그다지 높은 평가를 받지 못하겠지만, 문제의 답을 찾아가는 방식에 있어서는 매니지먼트 시스템이 반드시 우월하다고 장담할 수 없었다.

왜냐하면 저들의 강점은 말끔하게 다듬어져 라벨링된 방대한 데이터 같은 것이 아니라, 자신의 무지를 있는 그대로 인정하는 겸허함이었기 때문이다. 불후의 데이터베이스 서버도, 사용자의 수요를 분석해 키워드를 추천하는 인공지능 사서도, 그로부터 몇 초 만에 원하는 정보를 검색해 가져올 수 있는 시스템도 없었지만….

"가르쳐 주시겠지요?"

저들은 타인에게 손을 내밀 수 있었다. 그리함으로써 서로 연결되었고, 단일한 인간으로서의 무지를 해결하고 한계를 철폐했다. 각자가 유기체로서 실존하기에 따로 동력을 마련할 필요가 없는, 그야말로 완전무결한 확장이었다.

그것을 자신이 경험하게 될 줄은 몰랐던 데다, 지극히 사소한 습관 하나가 계기를 만들었다는 사실이 믿기지 않았다. 하늘이르기는 약간 울고 싶은 기분으로 대답했다. '날개'가 가지고 있는 데이터 중에서 동결건조와 유사한 효과를 낼 수 있는 식재료 처리 방식이 있기를 바라면서.

"예, 그리하겠습니다."

"좋습니다."

거열이 만족한 듯 미소를 짓고, 보동도 잘되었다며 웃었다. 그런데 뜻밖에 뭔가 생각하는 것 같던 실처가 입을 열었다.

"오늘 당장은 아닙니다."

"예?"

"우리가 다시 입궐하려면 석 달은 걸릴 겁니다. 그러

니 지금부터 마음 쓰실 것 없다는 말입니다."

하늘이르기가 무슨 말인가 싶어 고개를 갸웃하는데, 다른 둘도 동조하며 고개를 끄덕였다.

"아, 그 말이 맞습니다. 말씀드리는 걸 깜박했군요."

"세 분께 무슨 일이 있는 겁니까?"

"우리 셋이 수련을 가게 됐습니다. 어제 폐하께 인사 올렸고 오늘 떠날 참입니다."

하늘이르기는 그 말에 생략된 부분까지 이해했다. 화랑의 수련이라는 것은 개인적인 외유가 아니라 일종의 군사 훈련이므로, 말은 셋이라고 하지만 휘하의 낭도들도 동행할 터였다. 또한 정처없이 떠도는 게 아니라 분명한 목적지를 향해 미리 준비한 계획대로 움직인다는 것을, 바로 눈앞에 있는 보동으로부터 들은 바 있었다.

"그럼 한동안 뵙기 어렵겠군요. 이번에는 어디로 가십니까?"

"여느 때보다 조금 멉니다. 풍악산이요."

"풍악산….."

보동의 대답을 곱씹던 하늘이르기는 순간적으로 멈칫했다. 그리고 다음 순간, 있는 힘껏 눈을 부릅떴다.

"풍악산?"

"예, 그리 말씀드렸습니다. 어찌 그러십니까?"

3

그것은 하늘이르기가 기다리던 순간이 목전에 다다랐다는 의미였다.

[서라벌의 하늘에 혜성이 나타나 심대성을 범했다.]

대략 6세기 말 7세기 초 무렵으로 추정되는 혜성의 출현은 오랫동안 문학적 사실로만 활용되어 왔다. 명백히 천문학적 현상을 지칭하는 어휘가 사용되었고 그 시기가 지구에서 가장 유명한 천체 중 하나인 1P/Halley의 접근 주기와 맞아떨어질 가능성이 낮지 않았지만, 그것만으로는 과학적 사실을 정의할 수 없었기 때문이다.

고대에 천체의 명칭과 그 운행이 지배 계층의 상징으로 흔히 사용되었다는 점을 감안하면, 진평왕대에 나타났다는 혜성이라는 것이 정말로 태양계 소천체의 일종인 그것이 맞는지부터도 확실하지 않았다. 단순히 혜성의 궤도가 지구에 가까워지면서 발생한 일시적 기상 이변이었을 가능성은 물론, 아예 천체 현상이 아니고 서라벌에 초근접한 거리까지 무력 침략을 당한 사실이 비유적으로 치환된 것뿐이라는 해석도 있었다.

그러나 신정부 출범과 동시에 시작된 '유사' 프로젝트는 상당히 다른 관점을 취했다. 하늘이르기의 시뮬레이션 훈련 마지막 날 찾아온 정부 관계자는 단호하게 말했다.

"이 프로젝트는 문제의 혜성이 실제로 나타났다는 전제하에 수행되는 겁니다. 따라서 한 박사님이 해주실 일은 관측입니다. 관측 대상은 무엇일 거라 생각하시나요?"

"…혜성 아닙니까?"

"아니요, 혜성일 확률은 낮습니다."

하늘이르기는 심대성, 즉 전갈자리 알파성 안타레스의 광량 변화를 측정하고 분석해야 했다. 그리하여 지구와 안타레스의 거리를 감안했을 때 관측 시점에서 약 600년 전, 전갈자리 인근 행성계에 '지구화'가 유도되었을 가능성을 탐색하는 것이 최종 목적이었다. 정확히 어떤 추론을 거쳤는지는 몰라도, 비교적 가까운 거리에 또 다른 생명체가 발원했을지도 모른다는 이야기가 나온 모양이었다.

"그런데 어떤 식으로요?"

"지금은 알 수 없습니다. 한 박사님께서 직접 관측하시면 단서가 나오겠지요? 선입견을 가지시면 곤란하니 가설에 관해 열람하지 않으시기를 권합니다. 사전 계획서에도 블라인드 처리되어 있을 겁니다."

말은 권유였지만, 실제로는 열람 권한이 제한되어서 가려진 부분을 보려고 해도 볼 수 없게 되어 있었다. 하늘이르기는 짜증을 삼키며 허가된 내용만을 읽고 또 읽어 완전히 암기했다.

거열랑, 실처랑, 보동랑 그리고 풍악산. 이 키워드 역시 인이 박히도록 외워댔던 것들이었다.

"허어."

정확한 일자를 알 수 없었으므로 언제든 도래할 수 있다고 생각하며 준비했지만, 이토록 별안간일 거라고는 예상하지 못했다. 아마 3년 넘게 대기하는 동안 무뎌진 탓도 있을 터였다.

하늘이르기는 벌떡 일어서서, 아무것도 모르는 세 화랑을 대뜸 내쫓았다.

"세 분, 이제 가셔야 하지요? 출발하시는 게 좋겠습니다."

"예? 아, 예. 그런데…."

"그렇지만 너무 서둘러 가지는 마십시오. 천천히, 길을 잘 살피며 가시길 당부드립니다."

화랑들은 어차피 금강산까지 가지 못할 것이다. 초장에 힘껏 달렸다가 돌아오는 길이 멀어지면 힘들 테니, 가급적 속도를 늦추는 편이 좋았다. 물론 아예 문제의 천체 현상이 도래할 때까지 그들을 여기 붙잡아 둘 수도 있겠지만, 하늘이르기에게는 혼자서 할 일이 있었다.

"어, 그럼 다녀와서 뵙겠습니다."

"살펴 가십시오."

얼떨떨하게 떠나가는 화랑들을 전송한 후, 하늘이르기는 황급히 방으로 뛰어들어 갔다. 사용자의 흥분 상태를 감지한 매니지먼트가 바로 반응했다.

[무엇을 도와드릴까요?]

"캡슐 본체 '은닉' 해제해 줘."

침상 아래, 비어 있는 것처럼 보이던 공간에 커다란 원통형 금속 물체가 드러났다. 하늘이르기가 여기 오기 위해 사용했고, 돌아갈 때 다시 사용할 타임워프 캡슐이었다. 그리고 지금은 현대에서 가져온 각종 장비의 전력 충전과 보관 역할도 하고 있었다.

"그거, 그 뭐야. 렌즈."

하늘이르기가 요청하자 캡슐의 측면에 붙은 서랍이 밖으로 밀려 나왔다. 손바닥보다 작은 공간에는 납작한 렌즈 케이스가 들어 있었고, 하늘이르기는 그 케이스에서 렌즈를 꺼내 안구에 착용했다.

매니지먼트와 연동되는 렌즈는 개인의 안구 형태에 맞춰 제작된 특수 장비인데, 오랜만에 착용한 탓인지 이물감이 심했다. 눈물이 고인 눈을 빠르게 깜박이자 렌즈가 자리를 잡고 밀착되면서 불편함이 조금 덜해졌지만, 처음 지급받은 날 피팅했을 때처럼 아무것도 얹지 않은 듯 편한 느낌은 없었다.

하늘이르기는 눈살을 찌푸리며 중얼거렸다.

"이거 '괴리'인가."

우주 비행사의 신체가 지구의 중력을 망각하고 우주선 내부의 무중력 상태에 익숙해지듯이, 시간 여행자의 신체도 자신이 떠나온 시간대를 망각하고 현재 머무는 시간대에 익숙해지는 현상이 있었다. 그것을 '괴리'라고 명명했는데, 어쩔 수 없이 일어나는 일이지만 그렇기에 더욱 주의가 필요했다.

하늘이르기의 말을 들은 '날개'가 즉각 물었다.

['괴리'를 감지하셨다면 전신 스캔이 필요합니다. 지금 실행할까요?]

시뮬레이션 훈련 때 달달 외웠던 위기상황 매뉴얼에 따르면 '괴리'에는 가능한 한 빨리 대처해야 했지만, 지금은 그럴 때가 아니었다. 하늘이르기는 고개를 저었다.

그리고 그것은 옳은 판단이었다.

다시 밖으로 나왔을 때는 하늘이 붉게 타오르고 있었다.

"아니, 이게 뭐야? 맙소사, 와…."

직접적인 원인이 될 만한 천체는 보이지 않았다. 그러나 혜성일 가능성은 낮으면서 전갈자리 안타레스에 모종의 영향을 끼칠 듯한 무엇인가가 지구 북반구에 근접했고, 특히 한반도 남동부에 강력한 영향을 끼치기 시작했다는 사실은 분명했다.

저녁놀의 100배쯤 되는 강렬한 적염赤炎. 핏빛이라 해도 과언이 아닐 정도였다.

하늘이르기는 캡슐에 보관하고 있던 망원 드론을 호출해, 안타레스 방향으로 띄우고 '날개'와 연동했다.

"최대 출력으로 관측하고 리포트 부탁해."

지시가 입력되자 초막을 중심으로 낮은 기계음이 퍼져나갔다. 어쩐지 산 전체가 그 진동에 맞춰 울리는 것 같은 느낌이 들어, 하늘이르기는 작게 전율했다.

실제보다 열 배쯤 긴 시간으로 느껴졌던 10여 분 후, 정보를 수신한 렌즈가 텍스트를 띄우기 시작했다. 하늘이르기는 잔뜩 집중해서 그것을 읽다가 입을 떡 벌렸다.

"뭐라는 거야?"

그도 그럴 것이, 지금 하늘을 물들인 빛은 혜성이 펼친 레드카펫이 아니었다. 거기까지는 예상한 대로였다. 그러나 그다음이 하늘이르기의 뒷목을 당기게 했다. 안타레스에 발생한 플라스마 폭풍도, 핵융합 반응도, 그 무엇도 아니었다.

[해당 기체의 제조사는 Apsara's Smile 2222, 기종명은 Gandharva 2289-A로 확인됩니다. Apsara's Smile 2222는 2222년경 설립된 인도-일본 합작 파운드리 기업, Gandharva 2289-A는 2290년부터 2326년까지 국제

연합에서 사용한 통신용 인공위성입니다. 현 상태에 돌입한 원인은 왼 날개와 주 엔진에 걸친 손상으로 추정되며, 보조 엔진은 기능 중인 상태입니다. 현재 파손부를 제외한 잔여 72.1783퍼센트의 외관은 23세기 기준 국제 표준규격 S형과 94.4638퍼센트 일치합니다.]

그것은 지구인의 기술로 제작된 기계였다.

있어서는 안 되는 시간에 존재하는 것으로 보아, 높은 확률로 불의의 사고를 당한 후 누락 또는 은폐된 듯했다.

"돌겠네."

[현재 추락이 예상되는 지점은 월성입니다.]

"뭐?"

[오차 범위를 최대치로 보정할 경우 명활산성-선도산-포석정-토함산 범위 안의 불특정 좌표일 수 있습니다. 그러나 기체의 규격이 중대형 이상이고, 현재 거리에 가속도를 계산하면 월성에서 벗어날 확률은 10퍼센트 미만입니다.]

그러니까 대체 어떻게 된 영문인지는 모르겠지만, 23세기의 인공위성이 불붙은 채 왕궁을 향해 낙하하고 있었다. 이대로라면 진평왕을 비롯해 수백 명이 몰살당하는 참사가 일어날 위기였다.

[추락 예상 시간까지 약 3,000초 남았습니다. 카운트

시작할까요?]

"뭐? 아니!"

하늘이르기는 펄쩍 뛰었다. 그리고 머리카락을 쥐어뜯다가, 비명처럼 질문했다.

"이쪽에서 코드 보내면 수신할 수 있을까? 비상 제어도 죽었나?"

[비상 제어가 동작 중이고, S형의 비상 제어에는 통신이 포함되어 있습니다. 말씀하신 코드 수신 가능합니다. 그렇지만 화재로 인해 해당 기체 손상이 확장되고 있습니다. 4분 이내로 입력해야 합니다.]

하늘이르기는 숨을 들이켰다. 인공위성에게 경로 변경을 지시해 동해로 방향을 트는 것 외에 다른 방법이 생각나지 않았다. 그럼에도 불구하고 즉시 코딩을 시작하지 못한 까닭은, 이것이 적절한 판단이 아닐 경우 자신의 복귀가 불가능해지기 때문이었다.

4

시간 여행은 일종의 독서였다.

정확하게 말하자면 기간에 정함이 있는 대여, 빌려 읽기. 반세기 내내 험악한 논쟁을 거친 끝에 26세기로 접어들면서 가까스로 이루어진 합의에 따르면 그러했다. 그리고 그것은 25세기, 즉 시간 여행이 상용화되면서 민간 기업에 개방되기 시작했던 초창기의 개념과는 상당한 차이가 있었다.

초창기의 시간 여행은 무한대로 복제 가능한 사본을 개인이 구매하고 소유하는 것으로 여겨졌다. 타임 패러독스를 충분히 이해하고 논리 모순을 회피할 수 있다고 생각했기 때문이다. 그러나 그 인식이 인간의 오만, 즉 인류의 역사 내내 '제 무덤 파는' 문제를 만들어 왔던 착오임은 얼마 지나지 않아 밝혀졌다. 관련 업계에서조차 차마 똑바로 부르지 못해 약어나 은어로만 지칭하는 몇몇 끔찍한 사건이 연이어 일어났고, 민간 기업은 시간 여행을 관리할 수 없게 되었다.

지금의 하늘이르기는 페이지를 접지 않고 조심스럽게 구부려서 앞을 넘겨보고 있는 상태였다. 필요하다면 가름끈과 북다트, 문진 따위의 도구를 사용하되 밑줄을 긋거나 메모를 남기는 등 지워지지 않는 흔적은 남기지 않는 방식 말이다.

다른 시간대에 불필요한 영향을 가하는 행위는, 조심스럽게 다루던 종이를 한 번 접어 자국을 만드는 짓과 같았다. 책이 두 번 다시 원래대로 돌아갈 수 없도록 손상시켜 그대로 고정하는 것이다.

그리고 이에 따르는 치명적인 페널티는 그 행위 당

사자도 함께 붙박인다는 점이었다.

인력으로 어떻게 할 수 있는 문제가 아니었다. 법률이 판정하는 형벌이라면 불복하고 재심을 신청할 수 있지만, 시간 여행의 규칙은 인류의 법률과 무관했다. 타의에 의한 재난이든, 혹은 그보다 더 안타까운 사연이 있다 한들 돌이킬 방법은 없었다. 아무리 처절하게 후회해도 구제가 불가능했다.

따라서 현 상황에서 하늘이르기는 아무것도 하지 않아야 했다.

원칙적으로는.

"하…."

하지만 정말 괜찮을까? 아무 문제 없을까?

하늘이르기가 반복적인 훈련과 교육을 통해 머릿속에 새긴 지침에 의하면, 그에게 일어나서는 안 되는 '문제'란 약 2,000항목쯤 되는 규칙 중 어느 하나라도 위반하는 것과 동의어였다. 그리고 시간 여행의 대원칙을 위배하는 것은 그중에서도 첫 페이지의 맨 앞줄에 놓이는 행위였다.

아무것도 하지 않음으로써 책의 물성을 손상시키지 않는 것과, 할 수 있는 일을 함으로써 책의 물성을 훼손하는 것. 사실 이 두 가지는 나란히 저울에 오를 이유조차 없었다. 전자가 합법이고 후자가 불법인데 그것을 진

지하게 고민하는 사람은 예비 범죄자뿐일 것이다.

그럼에도 불구하고….

하늘이르기보다 '날개'가 먼저 이상을 감지하고 경고 메시지를 띄웠다.

[한 박사님, 심박수가 비정상적으로 증가하고 있습니다. 이 추세가 180초 이상 지속될 경우 의료적 처치가 필요합니다.]

"좀 조용히 해봐."

하늘이르기는 '날개'를 향해 신경질적으로 쏘아붙였지만, 인공지능의 신체 스캐닝을 무시하지는 않았다. 그는 어깨가 들썩일 정도로 크게 심호흡하며 자기 자신에게 질문했다.

후회하지 않을 수 있을까?

그러니까, 돌아갔을 때.

하늘이르기는 여기서 태어나고 자란 사람이 아니었다. 그의 출신은 까마득히 먼 미래였고, 그렇기에 지금 여기에 대해서는 권리도 의무도 없었다.

그러나 하늘이르기가 1,198일째 여기 살고 있다는 것은 엄연한 사실이었다. 설령 지금 당장 귀환하더라도 그 1,198일이 삭제되는 것은 아니었다. 지워지지 않는 기록이 그 날들의 증거로 남아 있을 터였다. '날개'의 디지털 메모리에 보관된 로그만이 아니라, 하늘이르기라는 개인의 대뇌피질에 새겨진 기억이. 따라서 신라에서의 1,198일은 하늘이르기의 남은 평생에 항상 함께할 것이었다.

잊고 싶어질지도 모르지만….

잊고 싶다고 생각하는 것 자체가 기억을 되새김질하고, 끝없이 반추하도록 하는 법이었다.

절대 잊을 수 없으리라.

5

핵심은 지난 1,197일을 통해 하늘이르기에게 일어난 변화였다.

하늘이르기는 자신의 구성비가 크게 바뀌었음을 깨달았다. 26세기 중반에 출생해 만 33년 7개월 산 한국인이라는 복잡다단하지만 유기적인 정체에 1,198일, 약 3년짜리 신라인이 포함된 까닭이었다.

지금의 하늘이르기는 타임워프 캡슐에서 막 내렸을 때와는 완전히 다른 사람이었다.

자각을 통해 완전히 활성화된 새로운 정체성, 3년짜리 신라인 하늘이르기가 눈감고 귀 막으려는 자신의 멱살을 잡고 하늘을 보게 했다. 떨리는 손가락이 이대로 두었다가는 서라벌에 괴멸 수준의 데미지를 입힐 위험 물체를 가리켰다.

정신 차려야지.

저것을 저지할 방법을 생각해 내야 했다. 주저할 시간이 없으니 뭐든 하지 않으면 안 됐다.

동시에, 본래 태어난 때가 26세기이고 생애의 9할 이상을 그 시대에서 보냈으며 머지않아 돌아갈 예정인 하늘이르기, 아니 한소담韓宵談은 뒷걸음질 쳤다. 자신의 다른 면이 느끼는 숨막히는 절박함을 무시해야 한다는 경고가 머릿속을 요란스럽게 울렸고, 그렇게 하고 싶었다.

제 쪽이 진짜이고 더 오랜 시간을 축적하지 않았는가….

그러나 그 애처로울 정도로 얄팍한 논리는 머릿속에 스치는 즉시 파기되었다.

진짜와 가짜를 따질 수가 없었다. 하늘이르기는 분열한 게 아니었기 때문이다. 양쪽의 하늘이르기는 둘 다 그가 맞았고, 이쪽이면서 동시에 저쪽이었다.

그러므로 6세기 신라의 도읍 서라벌과 그 반짝거리는 도시에 살고 있는 사람들을 향한 애정은, 100퍼센트 그 이상으로 온전한 하늘이르기의 감정이었다.

망할, 사랑이라면 도리가 없었다.

하늘이르기는 신라인으로서의 자신을 구하기로 했다. 그 결과 우주라는 도서관 시스템에게 도서 훼손범으로 낙인찍히더라도, 그래서 평생 후회하더라도.

"코드 입력창 열어줘. 수신 대상은 '압사라의 미소'."

그러나 '날개'는 하늘이르기의 요청을 수행하는 대신 경고 메시지를 송출했다.

[죄송합니다, 현재 모드에서 허용되지 않는 요청입니다.]

하늘이르기는 살짝 놀랐다. '날개'의 반응 자체가 아니라, 그런 반응에 답답함을 느끼다 못해 화가 치미는 자신에게.

사실 '날개'는 제 역할을 충실하게 수행하고 있을 뿐이었다. '날개'에 부여된 업무는 다른 시대로 간 주재원이 가능한 한 짧은 적응 과정을 거쳐 임무를 완수하고 귀환하기까지 그를 보조하고, 질병과 부상으로부터 그의 생명을 보호하는 것이었다. 그리고 지금 '날개'에게 입력되어 있는 주재원의 이름은 '한소담'이지, '하늘이르기'가 아니었다.

기술은 계산 가능한 모든 경우의 수로부터 사용자의 안전을 보장했지만, 그 기술이 사용자의 전부를 온전하게 인지하는 것은 아니었다. 일반적으로 기술이 정의하는 '인간'이란 연계 데이터베이스에서 추출 가능한 데이터의 총합—그의 생애 전반에 걸쳐 국가 시스템이 확보한 정보의 총합, 소득과 크레딧으로 구매하고 소비한 재화의 총합, 기술의 직접 측정으로 계량 가능한 수치의 총합, 그 밖의 온갖 숫자와 문자열의 총합—임을 생각하면 아이러니한 일이었다.

기술은 인간의 모든 데이터를 측정하고 저장했으나 동시에 데이터로 정의되지 않는 부분을 배제함으로써 인간을 해체했다.

다른 누구도 아닌 인간에 의해 그렇게 만들어졌으니 기술을 탓할 일은 아니었다. 그러나 지금은 그 오차 없는 냉혹함이 막막했다.

어쩌지? 어떡하냐고. 어떻게 해야 되는 거야?

하늘이르기는 저도 모르게 머리카락을 쥐어 잡았다. 정말이지 미칠 것 같은 심정이었다. 성년이 되면서부터 개인의 생활을 빈틈없이 커버하는 매니지먼트와 함께했기에, 그것의 존재를 배제하다 못해 방해로 가정한 채 자신의 행동을 결정하려니 마음대로 되지가 않았다.

하지만 개인의 사정이 아무리 절박한들 시간의 흐름을 늦출 정도의 질량을 갖기에는 턱없이 부족했고, 렌즈를 통해 시야 한쪽 구석에 박힌 숫자는 시시각각 줄어들고 있었다.

"아아악!"

급기야 제 머리카락을 뽑아내기에 이르렀던 하늘이르기는 그 순간 갑자기 떠오른 기억에 멈칫했다.

그것은 순전한 우연이 아니라 그의 두뇌가 필사적으로 발굴해 낸 실마리였다. 두피를 학대하는 야만적인 습관을 공유하는 자매, '야만적인' 행위, 만행의 실제 사례, 그러니까 시뮬레이션 훈련 때 참고 자료로 받은 사례집 마지막 파트에 실려 있던….

6

흥분한 머릿속에서 우당탕탕 소리가 나는 듯했다. 하늘이르기는 정신적으로 치우지 않은 물건에 발등을 찧고 뾰족한 모서리에 무릎을 부딪힌 기분이었으나, 기적적으로 침착한 척할 수 있었다.

"번역 모듈 열어서, 내 음성 입력값으로 현 시점 음성언어 문자언어 둘 다 변환해 줘."

실로 뜬금없는 요청이었다. '날개'도 대화 맥락의 갑작스러운 전환을 감지한 듯 2초 정도 대답을 지체했지만, 의아함이나 황당함 같은 감정을 드러내지는 않았다. 인공지능은 이미 21세기에 감정의 징후를 모방할 수 있는 수준에 다다랐으나, 그것은 어디까지나 사용자가 원하는 경우에 한해 추가 동력을 들여 제공하는 옵션이었다.

[예상 소비 전력과 리소스 소모량을 계산하고 있습니다. 시스템 과부하 가능성이 있으므로 다른 동작을 자

제하고 기다려 주십시오. 내장 입말 팩 및 글말 팩 구동, 상호 연동, 6세기 향찰 유효성 검증 솔루션 호출….]

 '날개'가 하늘이르기를 민망하게 만드는 일은 없었고, 하늘이르기는 자기 자신의 내면에서 비롯된 희미한 겸연쩍음만을 무리 없이 흘려보냈다. 그리고 원하던 대답을 들으며 주먹을 꽉 쥐었다.

[준비 완료되었습니다. 음성 입력 바랍니다.]

"알립니다, 현재 위치는 한반도 동부 해안입니다."

[녯 東쪽 믈가에—舊理東尸汀叱]

"귀사의 기체는 허가 없이 영공에 진입해 문제를 일으키고 있습니다."

[乾達婆이 노론 잣올란 브라고 왜 軍두 왓다—乾達婆矣游鳥隱城叱兮良望良古 倭理叱軍置來叱多]

"화재로 인해 큰 피해가 예상됩니다…."

[燧스로 잇스라—烽燒邪隱邊也藪耶]

 그때였다. 번역 모드가 본격적으로 구동되면서 '날개'의 반응이 미묘하게 느려졌다. 기본적인 규칙을 충분히 학습했다고 해도, 무작위성이 높은 표음문자의 목록 중에서 대응하는 글자를 선택하고 배열하는 과정에 상당한 스트레스가 동반되는 듯했다. 연산을 처리할 자원을 넘치도록 가진 슈퍼컴퓨터도, 발열을 즉시 에너지로 치환하는 시설도 없으니 당연한 일이었다.

"셋이 와서 말해준 거나, 바로 알아들은 거나 진짜 다행이다."

[三花이 오름 보시올 듣고 月도 브즈리 혀올 바애—三花矣岳音見賜烏尸聞古 月置八切爾數於将来尸波衣]

"아니! 방금 건 혼잣말이었어."

어쨌든, 이러면 정말로 될 것 같았다. 하늘이르기는 자신의 아이디어가 실효성 있다는 생각에 고무되었고, 더욱 빠르게 읊조렸다.

"현재 이상 비행을 관측하고 경고하는 저는 공무 수행 중인 미래시 한국인입니다."

[길쁠별 브라고 彗星이여 슬볼여 사롬 잇다—道尸掃尸星利望良古 彗星也白反也人是有叱多]

"속히 궤도 수정하여 서편으로 회항하기 바랍니다. 반복합니다, 영공에서 물러나십시오."

[아으 돌 아래 떠 갓더라 어으 므슴 彗ㅆ 잇홀고*— 後句 達阿羅浮去伊叱等邪 此也友物比所音叱兮叱只有叱故]

도중에 시스템의 판단으로 절전 모드를 켰다는 신호가 반짝거렸다. 하늘이르기는 됐다는 생각에 미소를 지

---

* 이상의 향가 해독은 『鄉歌新解讀研究』(강길운, 학문사, 1995)의 『彗星歌』 내용을 참고하여 재구성하였음.

었고, 번역이 끝나는 바로 그 순간 다음 동작을 지시했다.

"방금 번역한 내용 외부 스피커로 송출해. 최대 출력으로."

절전 모드 상태인 '날개'는 하늘이르기의 요청이 '압사라의 미소'에 말을 거는 행위가 될 수 있으며, 그것이 조금 전 자신이 거부했던 요청을 갈음할 수 있음을 파악하지 못했다.

'날개'가 재현한 하늘이르기의 목소리는 서라벌 하늘을 쩌렁쩌렁 울렸고, '압사라의 미소'는 전파 대신 음성으로 날아온 메시지를 확실하게 수신했다.

불타는 기체는 낙하하면서도 서서히 방향을 꺾었고, 완전히 반대 방향으로 돌아선 뒤 동해를 향해 포물선을 그렸다.

다리에 힘이 풀린 하늘이르기는 무너지듯 주저앉았다.

그리고 그때, 뒤에서 바스락 소리가 났다.

"…."

무심코 고개를 돌린 하늘이르기는 경악한 눈으로 자신을 바라보는 세 쌍의 눈동자를 발견했다.

얼른 가라고 떠밀어 보냈던 세 화랑이었다.

보아하니 '압사라의 미소' 때문에 하늘에 기현상이 발생하자 그 즉시 가던 길을 거꾸로 되짚어 온 듯싶었다.

다들 어디서부터 봤는지 물을 필요도 없이, 목격자가 되기에 충분할 정도로 본 표정이었다.

"아무것도 못 본 것으로 해주시면 안 될까요?"

이것이 유쾌하게 끝맺는 픽션이라면 세 화랑은 어안이 벙벙하거나, 혹은 공모자의 미소를 머금은 채 고개를 끄덕였을 것이다. 그러나 유감스럽게도 그들은 소탈하지만 결코 만만찮은 최상층 지배 계급의 동량들이었고, 불편할 정도의 침묵이 지나간 뒤 나온 대답은 하늘이르기의 바람을 깨끗이 저버렸다.

"아니요, 이 일은 폐하께 고하지 않을 수 없겠습니다."

"…."

"노래를 지어 부름으로써 혜성을 물리치다니, 비범한 분이란 건 알았으나 이 정도일 줄은 몰랐습니다."

이야, 이거 진짜 큰일났는데.

하늘이르기는 자신이 실로 두 시대에 속한 사람이 되었음을 알았다. 그것은 비유나 관용적인 표현이 아니라 순전한 사실이었으며, 아날로그와 작별하던 20세기에 태어나 디지털과 함께 21세기를 자라난 세대라든가 하는 그런 식으로 연속된 두 세기에 걸친 생애와는 전혀 다른 이중성을 지니게 되었다는 의미였다. 이 길지도 않은 다리가 한쪽은 6세기, 다른 한쪽은 26세기를 딛고 있는 것이다.

그리고 한 가지 더, 미리 본 답과 자신의 풀이와 화랑들의 채점이 맞아떨어졌다. 하늘이르기는 이 시간에서의 자신이 진정으로 존재하게 되어, 유감스럽게도 세세에 이름을 남기리라는 사실도 알 수 있었다.

"거열랑, 실처랑, 보동랑 세 화랑이 무리지어 풍악으로 놀러 가고자 하였는데 혜성이 나타나 심대성을 범함에 괴이쩍어 유람을 그만두려 할 때 융천사가 노래를 만들어 부르니 별의 변괴가 사라지고[第五居烈郎 第六實處郎[一作突處郎] 第七寶同郎等 三花之徒 欲遊楓岳 有彗星犯心大星 郎徒疑之 欲罷其行 融天師 時天師作歌歌之 星怪即滅]…"(『삼국유사(三國遺事)』 권5 제7 감통(感通) 「융천사혜성가-진평왕대(融天師彗星歌眞平王代)」)

에세이-SF와 삶

2020년대에 일어난 자갈의 도약 진화에 관해

글의 주제를 고지받은 직후에는 자신만만하게 알겠다고 대답했지만, 할 수 있는 이야기가 너무 뻔한 것 같아서 며칠 동안 근심 걱정에 잠도 잘 안 왔다. 그러다가 결국 있어 보이게 쓰기를 완전히 포기하고 나서야 시작할 수 있었다.

나는 SF의 역사에 해박하지도 않고 특정 작품의 마니아도 아니며 나오는 작품을 빠짐없이 섭렵하는 헤비 독자도 아니다. 그리고 문과다. 물론 마지막 것은 이 장르와 함께하는 데 별반 상관이 없지만, 그런 줄 모르고 막연한 거리감을 가졌던 적이 있어서 덧붙여 봤다.

내가 사랑하며 자란 이야기는 대부분 판타지와 시대물

이었다. (시간이 지날수록 무엇을 기준으로 판타지와 SF의 경계를 그을 수 있는지 아리송해졌고 이제는 경계를 긋는 것에 의미가 있는지도 의문이지만, 꽤 오랫동안 판타지와 SF가 철저하게 구분되는 것으로 오해하고 지냈다.) 향유자로서의 취향만 치우쳤던 게 아니고, 직접 쓴 분량으로 봐도 판타지와 시대물이 압도적이다.

그렇다고 해서 정확히 연월일시를 특정할 수 있는 어떤 시점까지 SF와 완전히 단절되어 살아왔다는 소리는 아니다. 어떤 매체로든 이야기를 소비하면서 살아온 이상 그게 가능한 사람은 없을 것이다. 특히 '지금, 여기가 아닌' 시공간에서 일어나는 이야기라면 일단 호기심부터 갖고 보는 부류일 경우에는 더욱.

이른바 비현실적인 이야기를 좋아하는 아이들이 대체로 그러하듯 나 역시 청소년기에 접어들면서 자연스럽게 서브컬처의 세계로 들어왔다. SF 명작은 어디에나 있었다. 이미 많은 사람의 검증을 통해 명작의 지위를 확고하게 다진 작품의 목록을 알아내기도 어렵지 않았다.

강경옥의 『별빛속에』에서는 주인공 시이라젠느보다 자매 아시알르를 좋아했다. 내재된 취향을 발견했던 많은 경험 중에서도 특별하게 남은 작품이었다. 가장 사랑하는 만화가인 신일숙의 유일한 SF 『1999년생』을 처음 읽고서는 여러 가지 이유로 큰 충격을 받았다. (말하다가 잘못하면 스포일러가 될까 봐 이렇게 언급할 수밖에 없는데, 오래전에 읽어서 더 놀라웠던 것 같고 그때 읽은 게 적절했다 싶다.)

일명 SF의 경전이라 일컬어지는 〈스타워즈〉와 〈스타트렉〉 영화를 보고 긴 여운에 빠지기도 했다. 그리하여 〈스타워즈〉 시리즈의 인트로 사운드가 들리면 아득히 먼 곳을 향해 감겨 올라가는 자막을 떠올리고, 엄지를 제외한 손가락 두 개씩을 붙여 보이는 벌컨식 인사를 알아보는 등의 교양(?)을 갖추게 되었다. 책장 선반에 장식한 소품 중에는 USS 엔터프라이즈 모형 피규어도 있다.

극장에서 흥행한 SF 영화도 꽤 많이 관람했다. SF이기 때문에 상영관을 찾아갔다기보다는 사람들이 많이 본다기에, 또는 호감 있는 배우가 출연했다기에 보러 갔다. 실망한 적은 거의 없었고 웬만하면 다 재미있었다. 그렇지만 시간이 지날수록 스페이스 오페라로 분류되는 작품에 특히 마음이 가는 것 같다는 생각은 하게 됐다. 최근에는 〈듄〉 실사 시리즈가 제작 및 발표되는 시대에 살고 있음을 기쁘게 받아들이고 있다.

소설로는 르 귄, 젤라즈니, 하인라인, 딕처럼 고전으로 불리는 영미권 작가의 책을 한두 권씩 읽었다. 학교 도서관에는 선집으로 출간된 SF 소설들이 서가 여기저기 흩어져 있었는데, 이 시리즈를 전부 다 읽겠다는 식의 야심을 가졌던 것 같기도 하지만 성공하지는 못했다. 아마 짧지 않은 재학 기간을 통틀어 열 권이 안 될 것이다. 어떤 책이 어디 있는지 아는데 실제로 읽지는 않은, 그 책을 읽을 수도 있고 읽지 않을 수도 있는 잠재적 독자인 채로 상당한 시간이 지났다. 그때 봐두었던 책 중에서 아직도 안/못 읽은 책을 읽을 수 있다면 좋겠는데, 어떻게 될지는 모르겠다.

한편 SF라는 용어를 알기도 전, 생애 최초로 접한 SF 작품은 애니메이션 〈2020 우주의 원더키디〉로 추정한다. 아주 어릴 때 봐서 지금은 내용을 다 잊었지만, 오프닝 사운드 트랙의 도입부와 후렴구는 아직도 멜로디에 맞춰 부를 수 있다. 초록 머리 외계인 소녀 예나를 따라 그리던 기억도 남았고, 이 글을 쓰느라 검색했다가 예나가 목에 걸고 다니는 하드론 메달 이미지를 봤더니 그걸 사용하는 장면도 떠올랐다. 아마 그 시절에 상당히 열성적인 시청자가 아니었나 싶다.

이게 다 무슨 이야기인가 하면, 언제나 SF와 아는 사이기는 했다는 말이다. 하지만 오래전에 본 작품들을 이렇게 일일이 호명한 이유는 이만큼 잘 안다고 말하기 위함이 아니고, 오히려 그 반대다. 아는 거라고는 이게 전부라서 더 꺼내려도 꺼낼 게 없다는 양심선언. 기억에만 의존해 적었으니 뭔가 빠뜨렸을지도 모르지만, 그렇다고 한들 SF에 대한 내 이해가 박약하다는 사실이 달라지지는 않을 것이다.

물론 지금까지 나열한 작품들, 그리고 어쩌면 언급하지

않은 작품들도 그 당시의 내게 의미가 있었으리라 생각한다. 하지만 사실을 말하자면, 오랜 시간 동안 SF와 나의 관계는 그저 데면데면했다.

변화가 일어난 것은 비교적 최근인 몇 년 전부터였다. 코로나19 유행 전후를 포함하는 시기이고, 독서 집중력이 바닥을 쳤다가 서서히 나아지던 기간과도 일부 겹쳤다. 그때를 전후해 내게는 서점 사이트에서 SF/과학소설 분류의 신간을 조회하는 습관이 생겼다. 앞에서 말했듯이 나오는 족족 사들이고 모조리 읽는 독자는 아니었지만, 지속적으로 관심을 두고 천천히 드문드문 손 닿는 책을 펼쳤다.

늘 애매한 거리에 있었던 SF 소설을 적극적으로 찾기 시작한 것이다. 이전과 달리 읽을거리의 우선순위에 올렸고 읽은 다음에는 짧게나마 기록을 남겼다. 그 이야기를 좋아할 것 같은 사람에게 꽤 적극적으로 추천하기도 했다. 더군다나 SF 소설을 통해 갈수록 지독하게 손에서 떨어지지 않는 숏폼의 장력을 극복할 수 있었다.

이만하면 삶에 들였다고 표현해도 괜찮을 정도 아닐까. 그래서 얼마간의 고민 끝에 이 무렵의 이야기를 하기로 했다. 일단 시간이 많이 지나지 않아서 기억나는 것도 많고, 도움을 받을 수 있는 독서 노트와 일기도 있으니 수월하지 않을까 하는 계산도 있었다. (그러나 이 글을 쓰려고 펼쳐 보니 생각만큼 성실하게 기록해 두지는 않았다. 미화된 기억만 믿다가 큰일 났다….)

어쩌다가 한참 안 읽던 SF 소설을 다시 읽게 되었나.

대단한 계기를 풀어놓고 싶지만 그렇지는 않았다. 그저 눈에 들어왔다. 남들이 재미있다고 해서, 서점에서 베스트셀러 또는 MD 추천도서로 띄워서, 도서관에 갔더니 신착도서 서가에 있어서. 말 그대로 어쩌다 보니 그렇게 됐다.

하지만 일단 시작한 SF 소설 읽기가 한두 권으로 끝나지 않은 것은 우연이 아니었다.

그 이야기들은 그때의 내게 필요했다. (이제 그때의 나에 대해 말하지 않을 수 없는데, 쓰면서도 무척 조심스럽다. 바닥없는 자기연민으로 읽히지는 않았으면 해서.)

나는 계속 이어질 거라 믿었던 삶의 경로에서 벗어난 이후 어디로도 가지 못하고 있었다. 팬데믹이 유의미한 압력을 더한 것도 맞지만, 시작은 그보다 한두 해 전이었다.

강물을 따라 흘러가다가 별안간 뭍으로 밀려 나온 자갈과 비슷했다.

처음에 붙어 있었던 흙, 나뭇잎, 실오라기 따위는 다 떨어져 나가 없고 약간 남은 물이끼의 수분도 시시각각 말라갔다. 언젠가 이거 꽤 멋있지 않나 생각했던 돌기는 흔적도 없어졌다. 물속에서 이것저것 부대끼다가 마모되었나 본데, 다행히 험하게 부서지지는 않았다. 하지만 들썩거릴 때마다 물비린내가 훅 들어오는 걸 보니 어딘가 금이 가기는 한 것 같다. 이래서야 도로 물에 들어가자마자 산산조각으로 쪼개질지도 모르겠다.

그 꼴을 하고, 이도 저도 아니어서 어디라고 설명할 수도 없는 물가 어디쯤 드러누웠다. 곤혹스러웠다. 타고나길 보석은 못 되어도 순리대로 모래는 될 줄 알았고, 언젠가 바다를 볼 수 있으리라 기대했는데….

아무것도 아닌 채로 멈췄다. 정체는 표류보다 서러웠다.

그렇게 되고 나서 특히 상태가 나빴을 때는 나 자신에 대해 말하기가 괴로웠다. 문제없이 살고 있는 사람으로 자처하는 것은 원래도 쉬운 일이 아니므로. 없는 말을 지어내고도 태연한 위인은 못 되어서 긁어모은 부스러기로 어설프게 둘러댔는데, 그러고 나면 속이 울렁거렸다. 지금도 낯선 사람에게 내 이야기를 해야 하는 상황을 반기지 않지만, 그때는 그런 자리를 아예 피함으로써 위기를 원천 차단했다.

하지만 자신에 대해 말하기를 요청받는 상황이 '처음 만난 자리에서 자기소개 하기'밖에 없는 것은 아니었다. 팬데믹 시기에 다회기 심리 상담을 받은 적이 있었는데, 중반쯤에 다다랐을 때 문답지를 하나 받았다. 빈칸을 채워 문장을 완성하는 것으로, 문항 종류는 한 가지인데 연번은 20번까지 있었다.

[나는   .]

펜과 종이가 그렇게 무서웠던 적은 이전에도 이후에도 없었다. 나는 어쩔 줄 몰라 하다가, 결국 이건 안 하고 싶다고 거부해서 상담 선생님을 놀라게 했다. (그분은 내게 강요하지 않고 빈 문답지를 주며 마음이 내킬 때 채워보라고만 하셨는데, 나는 전체 회기가 끝날 때까지 그 종이를 건드리지 않았다. 지금도 빈 상태 그대로 어딘가에 있을 것이다.)

그때 나 자신을 잃어버렸다고 여겨서 놀라고 슬퍼했는데, 사실 그렇지는 않았다. 나는 나로 있었다. 다만 더 이상 예전에 갖고 있었던 말 일부를 쓸 수 없게 되었을 뿐이었다.

명사로 자신을 설명하는 방식은 간편하고 효율적이다. 그것이 나쁘다고 생각하지 않는다. 그러나 지나치게 익숙해져 버리면 만일의 사태가 발생했을 때 취약해진다. '(명사)였지만 지금은 아니'라고 하는 것은 상상만으로도 끔찍하고, 그렇다고 '아무것도 아니'라고 할 수도 없다. 설령 그 대상이 본인일지라도 부정으로 사람을 서술해서는 안 되니까.

그래서 내가 어떻게 했느냐면, 당장 쓸 수 있는 말들을 정리했다. 추가 질문이 나오지 않도록 아주 무난한 표현 위주로. 하루아침에 상실감을 극복해서가 아니라, 잃어버린 것의 빈자리 때문에 위태롭다는 사실을 들키지 않으려고 방어 태세를 갖췄던 것이다.

하지만 계속 그대로였다면 지금 이 글을 쓰고 있을 리 없다.

바로 그 무렵에 SF 소설을 읽기 시작했다. 구체적으로는 주로 21세기에 출간되었고 한국 여성 작가이거나 여성, 동양인, 밀레니얼, 지구인이어서 동질적인 부분이 있는 작가의 작품들을.

문학은 시공간을 뛰어넘어 소통하기를 바란 인간의 발명이다. 읽는 사람은 읽은 만큼 세계를 확장하게 되어 있고, 나도 그랬다. 그거야 한글을 뗀 다음부터 늘 있어왔던 일이니 새삼스러울 것은 없지만, 이때의 SF 소설들은 각별했다.

변화와 행동을 당연하게 긍정했다. 생각할 여유가 없었던 문제를 제기했다. 인간성을 지키면서도 초월로 향했다. 이해하고자 하면 결국 몰이해를 퇴출시킬 수 있으며, 인간이라는 종족이 무시무시하게 해로우면서도 사랑할 줄 알기에 골치 아프다는 것을 보여주었다.

덕분에 나는 안다고 믿는 것도 다르게 보면 달라지고, 그럼에도 변치 않는 것 또한 존재한다는 사실을 새삼스럽게 확인했다. 내가 가지고 있지 않다고 생각했지만 사실은 갖고 있으면서 그런 줄 몰랐던 에너지를 발견했다. 그리고 무엇보다도, 그 어떤 값비싼 명사도 한 사람의 전체를 정의할 수 없음을 알았다. 내가 어떤 사람인지는 수없이 많은 각각의 사건에 대한 관점과 행동에서 드러나고, 어디에서 어떻게 관찰했느냐에 따라 아주 다르게 서술될 수도 있다는 것 역시.

수년간 만난 책을 하나도 빠짐없이 기억하지는 못하지만, 2021년 1월부터 2022년 6월까지 읽고 독서 노트에 기록해 둔 단독 저자의 책은 다음과 같다. 『7인의 집행관』(김보영, 2013), 『기파』(박해울, 2019), 『우리가 빛의 속도로 갈 수 없다면』(김초엽, 2019), 『어딘가 상상도 못 할 곳에, 수많은 순록 떼가』(켄 리우, 장성주 옮김, 2020), 『지상 최대의 내기』(곽재식, 2019), 『천 개의 파랑』(천선란, 2020), 『지구 끝의 온실』(김초엽, 2021), 『궤도의 밖에서, 나의 룸메이트에게』(전삼혜, 2021), 『나인』(천선란, 2021), 『얼마나 닮았는가』(김보영, 2020), 『단어가 내려온다』(오정연, 2021), 『므레모사』(김초엽, 2021), 『골든 에이지』(김희선, 2019), 『우리는 도시가 된다』(N. K. 제미신, 박슬라 옮김, 2022), 『잔류 인구』(엘리자베스 문, 강선재 옮김, 2021).

한편 전형적이지 않다는 것도 SF에 매력을 느낀 지점이었다. 장르의 특성인지 일정한 시기의 경향인지 혹은 진입한 지 얼마 안 된 독자의 특권인지 모르겠지만, 어느 것 하나 비슷한 이야기가 없었다. A를 좋아한다면 B도 좋아할 것이라는 식의 예측이 잘 맞지 않고 각각의 이야기를 열어 봐야 알 수 있었다. 예전에는 그런 게 다가가기 어려운 원인이었는데, 심정적으로 파산한 상태가 되고 보니 오히려 즐거웠다.

그래서 앤솔러지도 찾아 읽었다. 앤솔러지는 같은 종이에 같은 편집으로 인쇄되어 책 한 권을 이루고 있어도, 한 페이지를 사이에 두고 전혀 다른 세계가 기다린다는 것이 매력이다. 현실에서는 갈 일 없을 칵테일 파티와도 비슷하지 싶다. 『일곱 번째 달 일곱 번째 밤』(켄 리우 외, 박산호 외 옮김, 2021), 『SFnal 2021』(테드 창 외, 김상훈 외 옮김, 2021), 『SFnal 2022』(켄 리우 외, 장성주 외 옮김, 2022), 『우리는 이 별을 떠나기로 했어』(천선란 외, 2021), 『초월하는 세계의 사랑』(우다영 외, 2022), 『우리의 신호가 닿지 않는 곳으로』(곽재식 외, 2022) 같은 책을 읽는 동안 내내 들떴다. 최근에는 『베스트 오브 차이니즈 SF』(시우신위 외, 김이삭 옮김, 2023)를 읽었는데 너무 재미있어서 페이지 줄어드는 게 아까울 정도였다. 다만 국문 번역된 작품이 드문 해외 작가의 작품을 즐겁게 읽고 나면 좋은 만큼 고통스럽기도 했다. (작가님? 우리 다시 만날 수 있나요? 언제 어디서….)

몰라보게 달라졌다고 할 정도의 격변이 일어나지는 않았다. 나는 여전히 나였다.

바뀐 것은 단 하나였다.

아까의 비유를 다시 가져오면, 자갈은 문득 자신이 다른 것일지도 모른다고 생각했다. 주위에 자갈이 많았고 그들과 나란히 흘러가니 저 역시 암석이라고 믿었다. 하지만 사실은 알이라든가, 고치라든가. 부화나 우화羽化처럼 극적인 과정을 거치는 게 아니더라도 조개나 고둥이라든가, 또는 다리의 존재를 몰랐던 갑각류일 수도 있지 않을까. 아니, 아예 지금까지의 추측이 다 틀렸고 애초에 자갈이 맞다 하더라도….

다른 것이 되어도 괜찮지 않나. 될 수 있을 것 같은데.

진심으로 돌아가고 싶은 것도 아니면서 과거를 반추하기는 그만두고, 저기 땅으로 올라가면 어떨까. 자갈은 눈을 굴려 강 반대편의 둑을 쳐다보았다.

안타깝게도 호기심에 뒤따라 비관이 스멀스멀 올라왔다. 육상 생물의 고단한 삶과 생태계의 먹이사슬, 다른 누군가에게 저거 이상하다고 배척당하거나 그래봤자 영영 이도 저도 아닐 가능성 등이 몇 초 사이에 순차적으로 떠오른다. 기분은 안 좋지만, 뭐가 되든 이렇게 생겨먹은 부분은 그대로겠구나 생각하니 차라리 다행인 것도 같고.

일단 여기 계속 있고 싶지는 않았다. 그게 제일 중요했으므로, 자갈은 복잡한 생각을 털었다.

붙박여 있던 발이 마침내 움직였다. 물기 있는 진흙에

서 쑥 빠져나와 허공을 가르고 털퍼덕 떨어졌다. 발이 원래 있었는지 생겼는지는 불분명하지만 어쨌든 걸을 수 있게 되었다.

기쁘면서 황당했다. 이게 되네. 그리고 주변을 두리번거린 다음 안심했다. 세상은 막막하게 넓고 온통 모르는 것뿐이지만, 다행히 아무도 제게 관심이 없었다. 자갈이 다리를 갖고 지상을 활보하는 무언가로 변이했다는 충격적인 사실도 몰랐다.

시원찮은 걸음에 자신감이 붙었다. 물론 그렇게 멀리 가지 못하고 머뭇거리기를 반복하게 되지만, 그러면서도 어디로든 가는 것을 멈추지는 않았다.

이것도 SF적인 이야기라고 할 수 있을까. 그랬으면 좋겠다.

최장욱

서울 출생. 야심 없고 사사로운 창조 활동을 하고 있다. 타락과 퇴락의 이야기들을 재료로 기이한 건축물 짓기를 즐겨 한다. 제8회 한국과학문학상을 수상했다.

창조엔진

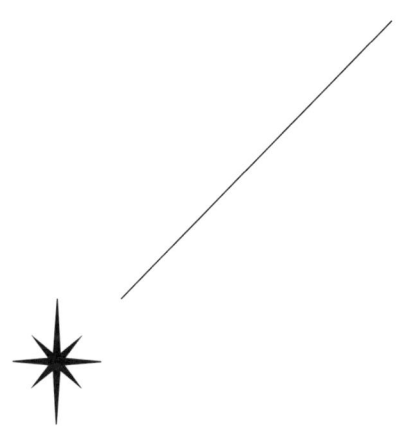

최장욱

창조엔진 개발의 가장 큰 걸림돌이 기술적 문제라는 생각은 틀렸다. 이 사실에 기수는 몹시 당혹해 하고 있었다. 자체 추산 개발률은 아직 50퍼센트에도 미치지 못했는데, 이와 같은 곤혹스러운 문제가 닥치리라고는 미처 생각지 못했었다. 그가 세상 물정에 익숙하지 못한 아마추어 개발자였기 때문일까? 기수 또한 스스로의 행동을 후회하며 그런 생각을 해보지 않은 것은 아니었다. 그러나 아무리 되짚어 보아도 지금의 상황은 그에게는 분명 억울한 점이 있었다. 대체 내가 무슨 잘못을 했단 말인가? 선하고 순수했던 내 의도가 왜 이런 결과를 불러와야 했다는 말인가? 나는 단지 창조엔진의 개발에 몰두했을 뿐인데, 왜 생명의 위협까지 받아야 한다는 말인가? 왜 이전엔 존재조차 알지 못했던 지하 단체의 안가에서 감금 생활과 다름없는 일상을 보내야 한다는 말인가? 그는 침대 끄트머리에 앉아 두 손에 얼굴을 파묻은 채 절망감에 사로잡혔다.

이 이야기를 어디서부터 시작해야 할지 모르겠다. 자신의 창조엔진을 개발해 대중에게 무료로 공개하겠다는 일견 선해 보이는 야심에 빠진 기수가 두 명의 순해빠진 친구, 심나와 가솔을 꼬드긴 장면에서부터 시작해야 할까? 아니면 저 크리짐 그룹이 기수의 창조엔진에 관심을 가지고 그에게 가혹한 상실감과 절망감을 안겨주기로 결정한 장면에서부터 시작해야 옳을까? 입장을 정리하는 동안, 차라리 내 소개부터 해두는 편이 좋을지도 모르겠다.

내 이름은 부란이다. 나는 크리짐 그룹의 보안 부서에서 근무했다. 크리짐 그룹과 같은 거대 기업의 보안 부서가 어떤 일을 하는지 궁금하다고? 아마 기업 핵심 기술 정보의 외부 유출을 막는, 기술적으로 광범위한 업무를 맡고 있지 않을까? 내가 왜 이렇게 무책임하게 이야기하느냐면 실은 나도 잘 모르기 때문이다. 나는 크리짐 그룹 본사 정보보안부 소속이긴 했지만 본사 사옥에서 사원증을 목에 걸고 셔츠 소매를 걷어붙인 열정적인 모습으로 여러 사무실을 활보하는 쪽은 아니었다. 나, 아니 우리는 실질적으로 크리짐 그룹 정보보안부의 비공식 산하 조직인 정보취득실, 일명 '포고POGO'의 요원으로 일했다. 'POGO'가 무엇의 약자냐고? 그에 대해서는 의견이 분분하다. 무언가의 약자가 아니라 포고스틱을 가리킨다는 주장까지 있을 정도니 말이다.

앞서 언급했던 부분으로 다시 돌아가 보자. 이왕에 여기까지 말했으니 크리짐 그룹이 기수에게 절망을 안겨주기로 결정한 장면부터 내가 이야기함이 마땅하다 여기는 이들이 있을 것이다. 하지만 꼭 그렇지도 않다. 앞에서 내가 이미 밝힌 사실들로 유추할 수 있듯이, 나는 의사 결정권과는 거리가 먼 현장 요원이었던 까닭이다. 그런 내게 감히 크리짐을 대표할 자격이 있겠는가? 현장 요원에게는 권한은 물론이고 의지 자체가 주어지지 않는다. 내 일을 하는 데 필요한 것은 오로지 실패하지 않은 일들로부터 추출되고 축적된 노하우뿐이다. 왜 '실패하지 않은 일'이냐고? 우리 가운데 임무에 실패하고도 업무에 복귀하는 이는 전무하다시피 했으니까. 투정을 부리는 것처럼 들렸을지도 모르겠다. 여하간 내가 하는 일이란 대체로 그랬다. 우리는 우리로 존재하는 한 모두가 유능한, 꼭두각시들이었다.

좋다. 생각이 조금 정리됐다. 어차피 이 사건의 전모가 세간에 알려진 바 없으니, 기수가 저 엉뚱한 발상을 한 시점부터 이야기하는 편이 여러모로 바람직할 듯하다. 다만 이미 말했듯이 나는 발로 뛰는 현장 요원에 불과했으며 위에서 내려온 지시를 충실히 따르고자 했을 따름이다. 기수의 창조엔진이 가진 진정한 가치나 그것을 둘러싼 일련의 사건이 갖는 의미, 그리고 기술적인 부분에 대한 내 필연적인 무지에 관해서는 여러분께 이해를 구하고자 한다.

정확한 날짜를 알 수 없는 5년 전, 기수는 여느 대학생과 다름없이 장래를 걱정하고 고민하던 젊은이였다. 아니, 그는 그런 젊은이들 중에서도 치열한 준비 속에서 불안감을 느끼는 이들과 같은 범주에 들기보다는 가망 없는 취업으로 인해 무력감에 빠진 쪽에 속했다. 그런데 기수는 젊은이 특유의 치기로, 세상의 냉정함을 있는 그대로 받아들이길 거부했다. 비록 자신의 전공으로 취업의 길에 나서는 데는 실패했지만 그 전공과 관련된 취미 분야에서 돈을 벌 수 있는 방법을 강구했다는 거다. 그것이 바로 창조엔진이었다. 당시 그는 이미 쓸모없다고 간주하던 학업을 거의 내팽개친 채 창조엔진을 가지고 노는 일에 푹 빠져 있었다. 사실 아무리 좋게 말한들 그의 창조 능력은 같은 취미를 가진 이들 가운데 썩 빼어난 수준이라고 할 수 없었다. 이는 기수가 직접 밝혔기도 하거니와 다른 이들의 증언 또한 정확히 같은 평가를 내리고 있다. 애초에 그의 창조 능력이 뛰어났다면 굳이 자신의 창조엔진을 개발하겠다는 무모한 생각을 할 이유도 없지 않았을까? 기성 창조엔진을 통해 우수한 창조 능력을 인정받는다면 취업은 보다 수월히 이루어질 테고, 창조엔진과 관련한 개발에 꿈을 가졌다면 크리짐과 같은 기업의 지원하에 좀 더 쾌적한 환경에서 관련 스타트업 사업을 전개하는 것도 아주 불가능하지는 않앉을 터이므로.

그러나 불행하게도 취미 영역에 머물 수밖에 없는 수준이었던 어중간한 능력은 그로 하여금 몽상적인 야심을 향하여 발을 내딛게 만들었다. 그 발상은 어쩌면 어느 단계까지는 순수했을지도 모르겠다. 당시 그가 열과 성을 다해 가지고 놀던 창조엔진 모델은 시장 점유율이 85퍼센트에 이르는 크리짐의 대표작 '오리진'이었다. 조금 나중의 일이지만, 오리진을 구입할 당시 만만치 않은 비용을 치르는 과정에서 아픈 기억을 갖게 된 기수는 자신과 같은 범인凡人에게는 모든 면에서 과분한 전문가용이 아니라 누구나 부담 없는 가격으로 구해 쉽게 다룰 수 있는 창조엔진이 필요하지 않겠느냐는 건설적인 의문을 품게 되었다고 한다. 오리진을 구입할 당시에 어떤 일이 있었는지에 관한 그의 구체적인 증언은 없다. 다만 오리진이라는 값비싼 제품을 그저 취미가 아닌 장래의 탄탄한 직업을 향한 활주로로 과장하여 부모를 설득하는 등 어려운 집안 사정을 딛고 그것을 손에 넣게 되기까지의 결코 순탄치 않았을 과정에 더해, 이후에 부모에게 느꼈을 죄책감이 그가 가진 비애의 멍울과 관련이 있지 않은가 추측할 뿐이다.

자신의 창조엔진을 만들겠다고 다짐한 기수가 제일 처음 한 일은 오리진의 수많은 창조 기능 중 자신이 사용하는 기능만을 정리해 목록을 만들기 시작한 것이었다. 이 행위에 이르게 된 과정을 잠시 살펴볼까? 당시 기수가 오리진을 이용해 창조 중이었던 행성의 이름은 '옵스큐어'였다. 이 행성은 오리진의 셀 수 없이 많은 기능 가운데 가장 상위 항목에 있는 기본 기능만을 이용하여 창조된 행성이었고, 따라서 처음에는 모든 면에서 원시적인 성격을 띠고 있었다. 대륙은 하나의 덩어리로서 세월의 세밀한 문양을 미처 제 몸에 새기지도 못한 채였으며, 대기 성분의 조성에 섬세한 관심을 기울이는 능력이 기수에게 절대적으로 부족했던 탓에 생명은 차마 생태계라고 칭하기도 송구스러운 극한의 상황에서 살아남기 위해 필사적인 투쟁을 치르는 중이었다. 쉽게 말해 옵스큐어는 오리진 우주에서 가장 하급 티어의 랭킹에도 들지 못할 정도로 형편없는 행성이었다는 얘기다. 만약 기수가 다분히 자신에게 도취된 창조 행위에 지속적으로 흥미를 느끼는 데 실패했다면, 이 시점에서 그는 오리진 만지작거리기를 그치고 다른 취미거리를 찾아 나섰을지도 모를 일이다.

여기서 의문을 품는 이들이 많으리라 생각한다. 굴지의 제작사가 개발한 훌륭한 엔진조차 제대로 활용할 능력이 없었던 기수가 자신의 창조엔진을 만들기로 결심하고 실제로 그것을 실행했다는 사실에 대해서 말이다. 그러나 기수와 같은 이들이 뜻밖의 기발한 해법을 찾는다는 사실, 즉 한정된 능력 안에서 발버둥 치는 이들이야말로 이른바 '꼼수'라 불리는 창조적 하위 발상의 발원지가 되곤 한다는 사실은 언제 생각해도 놀랍기만 하다. 그는 모든 창조주가 한 행성 내 생명의 융성을 위해 필수적으로 거쳐야 했던 진화의 축적 과정을 크리짐의 간교한 술수라고 보았다. 자기들이 만든 틀 안에, 창조주가 되려 하는 사용자들을 가두어 구속하기 위해 꾸민 음흉한 수작이라고 말이다. 그런 이유로 기수는 지루하기 짝이 없는 그 과정을 거부하고 부정하려 했고, 자신이 사용 가능한 가장 기본적이고 직관적인 창조의 기능 안에서 그 작용을 뛰어넘는 효과를 노렸다. 그러다가 그만, 제작진이 미처 발견하지 못한 버그를 우연찮게 찾아내고 말았다. 이제 그 이야기를 하겠다.

기계 문명에 관한 항목의 활성화는 유기 생명체가 이룬 문명을 일정 수준까지 발달시킨 이후에야 가능하다. 대개는 유기 생명체의 문명을 오리진이 선형적으로 설정한 최상위 레벨까지 성장시킨 후에야 유기체 문명의 멸망 항목과 함께 이루어지는 법이다. 그런데 기수는 인류를 탄생시키지 않은 상태로 행성의 환경을 어떤 특이성을 가진 방향으로 발전시키면 그다지 폭력적이지 않은 외계 지성체의 무작위적인 방문이 이루어진다는 사실을 발견했다. 물론 이 '랜덤성' 방문 자체가 놀라운 일은 아니었다. 워낙에 별 볼 일 없으며 생존에 가혹하기까지 한 탓에 다른 지성체의 관심을 일체 불러일으키지 못하여 타 창조주가 만든 인접 행성의 문명들로부터 아무런 방문도 받지 못하는 행성에 대해서는, '오리진 우주' 내에 임의로 존재하는 APC$^{\text{Auto-formed Player Civilization}}$, 일명 '출현자들'의 방문을 통해 해당 창조주가 외로움이나 소외감을 극복하도록 제작사가 배려해 주었기 때문이다. 여기서 각 APC는 오리진 우주 내의 창조주들이 만든 행성의 문명을 임의로 선정해 본떠서 만든 일회적인 것이며, 누가 만든 문명의 요소가 오리진의 시스템에 의해 복제되었는지는 사실상 아무도 모른다.

어느 외계 문명이 옵스큐어를 방문했다. 인간이 보기에는 AI에 불과한 것을 의식으로 지닌 기계 생명체였던 그들은 놀랍게도 평화주의자였기에, 유기 생명체보다 월등한 적응력을 가진 자신들의 육체가 특별히 견디기 힘든 환경이 아니면서, 동시에 지성체가 아직 나타나지 않은 이 행성을 호기심 어린 자비의 대상으로 꽤나 마음에 들어 한 듯싶었다. 그들은 여느 APC 방문자가 그러하듯 오직 호의로, 자신들의 정체성이 담겨 있으면서 해당 행성의 창조 활동에 도움이 될 만한 선물을 남겨두고 떠났다. 그들이 옵스큐어에 남긴 것은, 너무도 하등하여 고도의 생산이나 분해 활동이 불가능한 유기 생명체를 대신해 환경에 유익한 활동을 할 수 있는 어떤 단일 목적 기계의 생산기였다.

우주선과 딱히 구별되지 않는 육체를 지닌 이들이 남기고 간 달걀 모양의 기계는 광물이 풍부한 곳에 놓으면 스스로 광물 원소를 분해 및 채취하고 대기 중의 무기물 성분과 합성하여 작은 나노로봇들을 만들어 냈다. 이 나노로봇은 진화 중인 유기 생명체로 그득한 별에서 청소자로서 생태 순환 고리의 한 축을 맡았다. 특이한 것은 이 달걀이 만들어 내는 단일 목적의 나노로봇이 한 종류가 아니라는 점이었다. 달걀의 위치를 옮기면 해당 지역의 광물 원소를 사용해 각종 나노로봇을 제조하는데, 이를테면 금광석이 있는 지역에 달걀을 올려놓을 경우 금으로 나노로봇을 만드는 식이었다.

이 금으로 이루어진 나노로봇들의 경우에는 꽤 별난 장면을 연출해서 기수를 놀래기도 했다. 제 몸이 금으로 되었음을 흡사 인간과 같은 지성체의 의식으로 인지하고 또한 그 가치관의 반영을 표현하려는 듯, 그것들은 필요 이상으로 생산해 낸 제 몸들을 하나의 덩어리로 합쳐 몹시 위엄 있는 커다란 몸체를 이루었다. 마치 왕과 같은…. 단지 나노로봇 군체가 스스로 조형한 외면적인 형상에 불과했지만, 이 현상이 가진 진기함은 기수가 이를 옵스큐어에 좀 더 내재적으로 유의미하게 적용시키는 방법이 없을까 고민하게 만들기에 충분했다.

기수는 '달걀'을 이용해 문명을 창조하고자 했다. 옵스큐어에 달걀을 전해준 문명과 같은 기계 문명을 말이다. 처음엔 달걀을 이리저리 옮기는 아주 단순한 방법을 써서, 그간 아무 발전 없이 세월 속에 그저 존재하기만 했던 행성에 그나마 풍부히 생성된 각종 광물로 나노로봇을 만들어 보았다. 그러자 흥미롭게도 나노로봇들은 먼젓번 금의 로봇 군체가 그랬던 것처럼 인간 세계가 인식하는 광물의 가치 그대로 자기들의 계급을 나타내기 시작했다. 대표적인 광물로 예를 들면 은은 성직자, 구리는 전사, 철은 기사, 금강석은 귀족 남자(철과 금강석의 표현형은 때로 구별이 가지 않았다), 수정은 귀부인 그리고 황철석은 노동자 따위의, 아니 그것의 외형을 띠는 나노로봇의 군체로 제조되었다. 그 외 희귀 광물들 역시 인간 세계가 인식하는 광물의 특질을 반영한 듯한 표현형을 이루었는데, 티탄석은 영웅, 자수정은 음유시인, 석고는 화가, 탄산염은 의사 혹은 요리사와 같은 모습으로 나타났다. 특이하게도 석영 등의 광물은 미소년이라는 의외의 형상을 띠기도 했다. 기수는 여러 광물의 표현형을 만들어 내고, 또 그 무수한 조합을 시험하는 데 푹 빠져 한동안 정신이 없었다. 그에게 오리진을 통한 창조 행위란 오로지 그것이 전부라는 듯이.

이처럼 자신의 행성 이곳저곳을 옮겨 다니며 '달걀 심기'에 열중하던 기수가 창조 행위에 잠시 쉼표를 찍는 순간이었다. 그는 전혀 예상치 못했던 또 다른 기이한 현상을 목도하게 되었다. 한동안 나노로봇을 만들고 방치했던 지역에서 어느새 로봇 군체들이 스스로를 복제하고 있었고, 또 여러 표현형인 그것들이 한데 모여 살면서 각자의 모습을 실제 계급으로 인식하여 스스로 그에 걸맞게 행동하기 시작했던 것이다. 처음에는 다만 외형에 불과했으나 어느덧 실제의 정체성으로 되어버렸다는 이야기다. 단일 목적 기계로서 본래의 역할은 오래전에 망각해 버린 듯, 금이 만들어 낸 왕과 같은 외양을 한 로봇들은 정말로 왕처럼 행동했다. 그것들은 노동자같이 행동하기 시작한 황철석의 표현형 나노로봇 군체들이 각종 광물 원소를 추출하여 건설한 성 안에 들어가 거만하게 명령을 내리는 한편, 때로는 권태만치나 자주 찾아드는 고뇌와 결탁하여 느슨한 치열함에 맞서 싸우는 데 전 생애를 바치는 양 보이기도 했다. 금강석과 수정의 표현형인 귀족 남녀(그러나 인간의 지나치게 일반화된 관념이 오리진의 아키텍트에 반영된 외면적인 것일 뿐 실제 성별은 아니었다) 또한 황철석이 제공하는 노동력과 금의 왕에게 하사받은 영지에서 추출되는 광물로써 부유한 삶을 영위했다. 그것들에게 고용된 석고와 탄산염은 광물을 다른 무언가, 기수가 보기에는 전혀 무의미한 무언가로 만들어 뽐내고 즐기느라 열심이었다. 자수정은 딱히 무엇을 만들어 내지도 않았는데 모든 종류의 나노로봇 군체들에게 사랑을 받았다. 희한하게도 그것들은 때때로 자신을 혐오하고 미워하는 듯이 행동하곤 했으며 심지어 스스로를 해체하여 광물로 돌아가 버리기도 했다.

전쟁 이야기도 하지 않을 수 없다. 사실 개인적으로 흥미롭게 여기는 부분이다. 먼저 이 기계들이 누구와 전쟁을 벌였는지부터 이야기해야 할 텐데, 너무 뻔한 이야기라 말하기가 저어되지 않는 것도 아니다. 그들은 자기들끼리 싸웠고, 다른 문명과 싸웠다. 여기서 '다른 문명'이라 함은 오리진 우주 내 다른 행성의 지성체들이 이룬 문명 또는 옵스큐어 내의 타 기계 문명을 가리키는 게 아니다. 앞서 기수가 달걀을 이리저리 옮기며 무언가를 만들었다고 했던 걸 기억하는가? 그러나 기수 자신이 만들어 냈음에도 불구하고, 한갓 인간이 가진 인식 능력의 한계로 말미암아 옵스큐어에 대해 그가 아는 지식이라곤 거의 없었다. 그가 수용하는 정보의 형태란 대개 시각이라는 한정된 감각을 통해 직관에 의존한 것이거나, 또는 오리진이 깨알 같은 크기의 텍스트로 제공하는 난해한 내용의 데이터 '알림'에 불과했다. 다시 말해 기수는 '당연하게도' 그저 눈에 보이는 비옥한 광물 지대에서 단순한 실험들을 행했을 따름이고, 자연스럽게 그곳들이 각 기계 문명의 발원지가 되었을 뿐이라는 거다. 다른 문명과의 싸움이란, 바로 이 광물 지대들을 기반으로 한 각 문명들 간의 싸움이었다.

여기까지 들으면 그것들의 전쟁이 광물 지대를 서로 차지하려는 이권 다툼이라고 생각할지도 모르겠다. 그러나 이는 옵스큐어의 상황을 지나치게 단순화하여 받아들인 것이다. 전쟁은 말 그대로 '문명 간 싸움'이었으며, 각 문명은 매장 광물의 특성에 따라 나름의 특징을 띠고 있었다. 철의 매장량이 많았던 어떤 지역에서는 모든 전사가 귀족인, 나약하고 부패한 군사 문명이 세워졌다. 구리의 매장량이 다른 광물에 비해 월등했던 어느 지역에서는 지배 계급인 구리를 제외한 모든 광물들이 황철석과 더불어 노동자의 형상을 띤 채 일하는, 광폭한 전사의 문명이 세워졌다. 또 어떤 곳에는 금강석과 석영이 황철석을 대신해 고된 노동을 하면서도 귀족의 허영을 끝내 포기하지 못한 시시한 이율배반적 문명이 들어섰으며, 다른 어떤 곳에선 금의 왕이 너무 많이 생겨난 탓에 작은 왕국들로 분열되더니 은이나 구리의 로봇이 많지 않음에도 황철석의 로봇 군체들을 모조리 군사로 동원해 서로가 끝없이 싸우는 소모적인 문명이 나타났다. 이런 문명들에서 간혹 티탄석의 로봇 군체가 등장하며 양상이 급변하기도 했으나, 흔치 않은 티탄석의 영웅들은 결국엔 적과 아군을 불문한 다수의 광물 로봇들에 의해 둘러싸여 해체되고 마는 운명을 맞곤 했다. 가장 재미있는 곳은 은의 나노로봇 군체들로만 구성된 문명이었다. 군체들 내 군체 수가 어느 한도에 이르면 일정 수의 군체가 분열해 나와 또 다른 군체들을 이루고 기어이 불가능한 똑같은 행동을 유지하려다 똑같이 실패하는 그것들은, 위로 거슬러 올라가면 기실은 다른 문명들로부터 모여든 나노로봇들이 은의 나노로봇 군체에 합류하여 형성된 존재들이었다. 이 문명도 드물지 않게 전쟁에 뛰어들었다. 각 문명들은 대개 서로를 이해하지 못해서, 서로를 광물로 해체하기 위해서 싸웠다.

기수가 옵스큐어에서 특히 애착을 가진 기계 문명이 있었다. 기수는 그것에 '민덴'이라는 이름을 붙였다. 물론 해당 문명의 로봇들이 그 사실을 알 리 없었고 설사 안다 한들 이해할 리도, 좋아할 리도 없었지만. 민덴은 기수가 '스탠더드'라고 표현할 만큼 기계 문명 가운데 딱히 특색이 있다고 할 만한 문명은 아니었다. 이 시점에서 기수가 어떤 생각을 품고 있었는지는 그가 말하지 않기에 알 수 없으나 이 문명이 띤, '안정적인 가변성'

이라는 다소 모순적인 평범성에 오히려 거부할 수 없는 매력을 느낀 것만은 틀림없어 보인다. 이 문명은 적당한 수의 왕국들이 연합해 하나의 제국을 형성함으로써 다른 문명에서 과도한 수의 금의 로봇 군체들이 만들어지며 야기되는 문제를 해결했다. 각 광물 지대는 철과 금강석의 로봇들이 지배했으며, 또한 그것들은 금의 왕들에게 지배를 받았는데, 금의 왕 대부분은 자기들이 황제로 추대한 또 다른 로봇 군체에 의해 지배되고 있었다. 그리고 놀랍게도, 황제 로봇 군체는 다른 금의 왕 로봇 군체와 외형적으로 전혀 차이가 없었다!

설명이 생각보다 길어졌다. 나의 눈높이에 맞춘 기수의 친절한 설명과, 역시 나의 눈높이에 맞추어져 있었으나 무시하는 태도가 얼마간 깔려 있었음을 부정할 수 없는 크리짐의 간략한 브리핑 내용을 바탕으로 한 이 해설이 누군가의 흥미를 돋우는 데 성공했기를 바라는 수밖에 없으리라. 여하튼 기수는 자신의 의도로 옵스큐어에 생산적인 활동을 했다거나 영향을 미친 바가 전연 없었음에도, 사실상 문명이 스스로 일어나 발전한 것을 마치 자기가 엄청난 위업을 달성한 양 여겨 크게 고무되었다. 그러면서 오직 우연, 차라리 기적이라는 말이 더 어울릴 행운으로 인해 옵스큐어에서 일어난 일련의 사건을 프로세스화해 더 이상 우연이 아니게 프로토콜을 정립하는 방법이 있지 않을까 끊임없이 궁리했다. 기수는 우선 자신이 오리진에서 사용하는 지극히 기본적인 기능들의 목록을 만들어 두기로 했다. 연유야 알 수 없어도 자신의 행동이 기적을 일으킨 것만은 틀림없다 믿었기에 그는 스스로의 지난 행동들을 분석하기로 결심했다.

너무 늦기 전에 내 이야기를 해야겠다. 기수가 오리진으로 이런저런 실험을 하고 있을 때, 크리짐은 오리진 우주 내에서 감지되는 이상 징후를 일찌감치 포착한 뒤였다. 옵스큐어는 창조 등급 최하위 티어 가운데서도 최하위 등급 내 최하위 순위권을 줄곧 지켜오던 행성이었다. 이제 막 창조되어 제대로 된 이름조차 갖지 못한 행성이나, 창조 이후 금세 잊혀 원시 생물의 무분별한 자생과 함께 타 행성 문명의 탐험 및 정복 대상으로 전락한 방치 행성 따위와 더불어서. 그런 행성에서 초급 과정도 거치지 않은 중급 문명이 우후죽순 탄생하며 그룹 내 옵스큐어의 창조 등급 순위가 급상승한 기현상이 포착되었고, 이에 관한 보고서를 창조엔진 운영실 오리진 팀 유지관리부 기초분석보고과가 작성하여 상부에 제출했던 것이다. 그러나 유감스럽게도 보고서는 즉각 윗선으로 올라가지 않았다. 최초의 보고서는 유지관리부에서 철저히 무시되었다. 이후 같은 유지관리부 내 자원운용과가 옵스큐어 내 총합 자원 수치의 반복적인 비정상적 증가와 감소 현상을 발견하여 창조엔진 운영실 위험관측센터에 옵스큐어 내 위험 상황 분석 협조를 요청함으로써 비로소 이 문제가 수면 위로 떠올랐다.

이상 상황을 감지한 유지관리부는 인트라넷상에서 유실되었다고 한동안 판단할 수밖에 없었던 기초분석보고과의 보고서를 마침내 찾아내(그들은 기초분석보고과에 보고서를 다시 제출할 것을 요구하지 않았다) 검토한 끝에, 옵스큐어에서 벌어지고 있는 일을 '중대한 상황'으로 규정했다. 오리진 우주의 창조 활동에 크리짐이 모르는 오류가 숨어 있다 함은, 곧 장차 오리진의 운명을 뒤흔들지 모를 치명적인 불씨가 어딘가에 존재한다는 뜻이었던 까닭이다. 여담으로, 유지관리부가 최초 보고서를 무시한 부서 내 담당자와 함께 해당 보고서를 작성한 기초분석보고과의 분석 요원까지 문책한 일에 대해 여러 가지 말들이 나왔다. 나중에 밝혀진 바에 따르면 해당 분석 요원의 징계 사유는, 그가 최초로 발견하고 분석한 옵스큐어의 상황에 대해 기술하며 수차례 "믿을 수 없지만"이라는 표현을 붙여 보고서의 신뢰성을 떨어뜨린 것이었다고 한다.

다행히 전혀 유명하지 않고 아무도 관심을 갖지 않는 옵스큐어이긴 했으나, 유지관리부는 이러한 이상 현상이 "어두운 구름과 같이" 모종의 의혹으로 우주에 퍼져나가면 오리진 전체에 막대한 영향을 미쳐서 궁극적으로 시스템을 완전히 붕괴시킬 가능성이 없지 않다고 판단했다. 그들은 일단 상황을 분명히 파악하고 왜 옵스큐어에서 이런 현상이 일어나는지 원인을 규명하고자 했지만… 기수가 옵스큐어에 한 일이라곤 실상 아무것도 없는데 무엇을 알아낼 수 있었겠는가? 옵스큐어에는 아무런 관심도 없었기에 어느 시점부터 변화가 일어났는지도 알지 못했던 유지관리부는 오리진의 유지 및 관리에 필수적인 인원을 제외한 거의 모든 인력을 동원하여 오리진 우주의 입자화된 초끈 데이터를 뒤지도록 했다. 옵스큐어를 포함한 영역의 중력 좌표를 기준으로 사건을 거슬러 올라가는 역逆모니터링 작업을 실행하기 위함이었다. 그렇게 '사건의 고깔'의 정점에서 발견한 것이 바로, 출현자들이 옵스큐어에 놔두고 간 달걀이었다.

이 사실을 안 오리진팀은 큰 충격에 빠졌다. 하급 티어의 초보 창조자를 대상으로 한 시스템으로서 측은지심이라는 인간적 감정에 기반을 둔, 그 필요성과 효용성에 오리진 제작진 스스로 큰 자부심을 느끼던 APC 방문이 사달을 일으켰다니 말이다. 크리짐은 운영 과정에서 더 많은 수익을 취하려는 목적으로 다분히 악의적인 오리진의 업데이트를 교묘히 진행한다는 의혹에 내내 시달려 왔다. 이와 같은 비판에 큰 부담을 느끼면서도 실제로 그것이 오리진의 주요 수입원 가운데 하나임을 부정할 수도 없는 처지였던 크리짐은 그러한 의혹에서 거의 유일하게 자유로운 시스템이었던 APC의 방문을 손쉬운 윤리성의 구실로 자주 내세우곤 했었다. 그런데 별안간 그것을 당위성 없이, 다시 말해 창조자들에게 명확한 이유를 밝히지 않은 채 수정 혹은 삭제해야 할지도 모르는 당혹스러운 상황을 맞게 된 것이다. 하지만 그에 앞서 우선적으로 해결해야 할 문제가 있었다. 그게 뭐냐고? 달걀 모양의 나노로봇 제조기라는 예상치 못한 선물을 제공한 출현자들, 그것이 과연 어떤 창조자의 어떤 행성 문명을 참조해 만들어졌느냐는 의문이 아니겠는가?

이때까지만 하더라도 오리진팀은 기수에게 별다른 관심을 기울이지 않았다. 하급 티어의 최하급 순위권에 줄곧 머무르는 행성에서 유의미한 변수는 오직, 달걀을 건네준 APC뿐이라고 생각했기 때문이다. 하나 그렇다고 해서 문제가 간단해진 것도 아니었다. 출현자들이 어떤 문명을 본떠 그런 모습을 한 채 오리진 우주 내에서 기상천외한 물건이라 할 달걀까지 선물했는지 알아내는 일은 옵스큐어에 대한 역모니터링보다 훨씬 더 광범위한 탐색을 요구했다. 중력 좌표의 범위를 특정한 어느 곳에 맞출 수도 없을뿐더러 설령 맞춘다 해도 창조자의 창조 행위와 관련된 초끈 데이터를 뒤지는 작업도 여의치가 않았다. 탐색해야 할 기간도 억겁에 가까우리만치 장대했을 뿐만 아니라, 기계 문명과 같은 고도의 문명을 일군 행성이라면 창조자의 개입은 가끔 '기적'을 베푸는 정도에만 그칠 뿐 이미 극소화되어 사실상 방치에 가까운 상태일 가능성이 지극히 높았던 탓이다. 그 기계 문명의 창조자는 분명 다른 새로운 행성의 창조 행위에 몰두하고 있을 터였다. 대안으로 시공간 셀에 각인된 정보를 회수하는 방법도 한때 고려되었으나, 기술적으로 불완전해 불가능하다는 결론이 내려지기까지는 그리 오랜 시간이 걸리지 않았다. 중급 티어 이상으로 대상 범위를 맞춘다 한들 해당 문명을 찾아낼 확률은 너무 희박해서, 확실한 목적과 목표와 의도를 가지고 탐색한다 하더라도 실상은 무작위의 상태나 다를 바 없었다. 이것이 단순히 절망적 예측에서 끝나지 않았음은, 오리진팀뿐만 아니라 창조엔진 운영실의 거의 모든 인력을 투입해서 행한 탐색의 결과를 굳이 첨언하지 않더라도 알 수 있으리라. 그들이 크리짐 그룹 정보보안부에 협조 요청을 한 것도 그즈음이었다.

정보보안부라는 부서의 이름이 풍기는 어딘가 종합적인 뉘앙스와는 다르게 그들이 생각하는 '정보'란 상당히 제한적인 범위의 것을 뜻했다. 크리짐 그룹이 다루는 기술과 관련된 모든 정보, 즉 내적 정보에 대해서 그들은 완전히 무지했다. 그들의 취급 대상은 순전히 '물리적' 성격의 정보들, 가령 창조엔진 운영실 오리진팀 내에서 벌어지는 사건들에 초점을 맞췄을 때 오리진 우주의 바깥에 존재하는 외부 세계 정보들이었다. 기수의 기계 문명을 예로 들면 정보보안부는 옵스큐어나 그 안에서 이루어지는 일들, 그리고 그것이 오리진 우주에 미치는 영향 따위에는 전혀 관심이 없었다. 그들의 관심사는 옵스큐어라는 행성을 만든 창조자로서의 기수가 아닌, 밥을 먹고 똥을 싸는 한 인간으로서의 기수였다. 그들은 기수를 감시하고, 그가 쓰는 통신기기를 감청하고, 그의 모든 인간관계를 분석했다. 그리고 그 소스의 일부를 확보하는 일이 내가 속해 있던 정보취득실, 일명 포고의 역할이었다. 물론 이 이야기의 도입부에서 다들 눈치챘겠지만 포고의 역할은 소스 확보 및 제공에만 그치지 않는다. 때로는 외적 데이터를 '수정'해야 할 필요도 있었다. 정보보안부의 고상한 표현을 따르면 "외부로부터의 안정화" 말이다.

내가 기수의 두 고용인雇傭人, 심나와 가솔에게 접근하고 나름대로 노련하다 자부하는 경력자로서 쉬이 그들을 포섭하는 데 성공한 것은 그리 놀라운 일은 아니었다. 의외인 점이 있었다면, 자신들의 일에 큰 자부심을 느끼지 못하고 있던 그들이 정작 기수에 대해서는 별다른 불만을 갖고 있지 않았다는 것일 테다. 그들이 기수를 배신하고자 마음먹은 결정적인 원인이 고용주인 그를 향한 불만보다는 대단치 않은 업무에 대한 권태였다는 사실 또한. 말하자면 그들은 기수가 주장했던 대중 친화적 창조엔진의 개발에 그 어떤 기여도 하지 못하고 있는 상태였으며, 그들이 하는 일이라곤 기수가 시작했던 기본 기능을 항목화하는 작업뿐이었다. 이 일에는 새로 활성화되는 기능을 목록에 추가하는 작업도 포함돼 있으므로 아주 정체적인 업무라고는 할 수 없었지만, 그리고 실제로 단 두 사람이 하기에 방대한 일이기는 했지만, 어쨌든 그들이 하는 업무란 그게 다였다. 심지어 달걀도 기수만이 사용 가능했다.

기수가 오리진엔진을 개조해 핵심 기본 기능과 오리진 우주를 공유하는 자신의 창조엔진을 개발 중이라는 첩보에다 이와 같은 내용을 덧붙여 정보보안부에 보고하자, 그 보고가 창조엔진 운영실로 올라가고, 그것이 다시 오리진팀 유지관리부로 내려가고, 또 그게 기초분석보고과로 내려가고, 그런 다음 다시 유지관리부를 통해 창조엔진 운영실로 올라가더니, 마침내 정보보안부에서 정보취득실로 새로운 지시가 내려왔다. 크리짐은 아직 기수를 큰 위협으로 생각하지는 않는 성싶었다. 하나 그의 '무료 공개 창조엔진'이라는 발상에는 설령 아주 미미한 씨앗에 불과하다 할지라도 모종의 위험 요소가 분명히 내포되어 있다고 판단한 듯했다. 전복적인 발상 그 자체를 위험하다 결론 내린 것인지, 아니면 그것이 가진 오류로서의 터무니없는 성격 때문인지는 모르겠지만. 다만 그들이 내린 지시를 통해 현장 요원인 내가 짐작할 수 있었던 건, 정보보안부나 창조엔진 운영실 모두 기수가 자신의 직원들에게 이렇다 할 큰 일거리를 주지 않는 행위를 기술 정보 보안을 위한 단속으로 해석하고 있다는 점이었다. 포고는 내게, 기수에게 직접 접근하여 그가 주장하는 창조엔진 개발의 진척 상황을 알아내라는 명령을 하달했다. 짐작하건대 이 명령은 기수가 초래한 위협의 정도를 밝히겠다는 계획의 성격보다는 그 발상의 허무맹랑함을 확인하고 안심하려는 의도가 더 커 보였다.

그동안 내가 지켜보고 파악한 기수에게 혹여 더 깊은 층위의 잘 위장된 자아가 있는 게 아니라면, 그에게 접근하는 일은 그다지 어렵지 않으리라고 나는 생각했다. 실제로 그랬다. 딱히 비밀스러워야 할 이유도 없었다. 나는 그냥 그의 작업실로 가서 문을 두드린 다음, 나를 크리짐에서 나온 사람이라고 소개하면 되었다. 당연히 심나와 가솔에게 알은체는 하지 않았다. 그들은 한심하게도 연기를 별로 잘해내지 못했지만 다행스럽게도 기수는 그 부자연스러움을 알아차리지 못할 만큼 우둔한 인간이었다. 단순하기 짝이 없는 그는 크리짐에서 자신을 찾아왔다는 사실에 예상대로 마냥 기뻐했다. 내가 그의 창조엔진, 그리고 그것과 관련한 그의 포부에 대해 언급하자 기수는 짐짓 곤란하다는 표정을 지으며 대답을 회피하려는 체하다가, 금세 허풍의 언어를 줄줄 늘어놓기 시작했다. 대부분 쓸모없는 넝마 같았던 말의 홍수 속에서 내가 포착한 가장 의미 있을 법한 발언이 있다면, 자신이 개발 중인 창조엔진이 결과적으로는 오리진과 관련해 어떠한 법적 마찰도 일으키지 않는 제품이 될 것이기에 아무런 걱정을 할 필요가 없다는 주장이었다. 기수는 이렇게 설명했다. 약관 해석에 이견이 있을 수도 있겠지만 자신의 오리진엔진 개조는 애초에 크리짐이 창조자들에게 제한적으로 허용한 모드^{Mod}의 '사용 권리' 범위를 벗어나지 않으므로 '무료 배포'가 무단無斷의 성격을 띨 수 없는 데다, 사용 중인 툴 또한 오리진 시스템 내부의 것이라고. 또한 오리진엔진이 제공하는 고급 기능을 활용하는 데 익숙하여 그것이 곧 자기들 소유 엔진의 선택 기준이 되었을 창조주와 기수가 만드는 중인 "아주 캐주얼한" 창조엔진의 창조주는 결코 겹치는 창조층이 아니며, 그의 창조엔진을 사용하게 될 창조자들도 결국 언젠가는 오리진의 고급 기능을 필요로 하는 날이 올 테니 장기적으로 보면 도리어 크리짐의 수익에 도움이 될 거라고. 그렇지만 그가 이날 한 모든 말 가운데 무엇보다 존재감이 넘쳤던 발언은 그럼에도 크리짐 측에서 우려가 된다면 긍정적으로 협상할 의향이 있다는 첨언이었음을 부정하지는 않겠다.

혹시 창조엔진의 개발 상황을 밝혀줄 수 있느냐는 내 질문에 기수는 보안상의 이유로 불가하다는, 역시 예측 가능한 답변을 내놓았다. 그러면서도 그는 내게 무언가를 자랑하고 싶은 마음을 도저히 지워낼 수 없었는지 그 대신 아주 흥미로운 것을 보여주겠노라며 옵스큐어의 '민덴' 문명을 소개했다. 나는 한동안 멍한 눈으로 가증스러운 역할 연기에 열심인 로봇들을 지켜보았다. 그 광경은 문외한인 내가 보기에도 경이롭기는 했다. 인간이라면 당연한 반응이 아닐까? 순연히 인간의 손으로 창조한, 완전하지는 않을지언정 온전한 하나의 세계를 보고 있었으니 말이다. 하지만 나는 그가 열심히 자신의 민덴문명을 자랑하는 동안에 창조엔진의 그 무엇도 조작하는 모습을 보지 못했다. 그는 차마 길다고는 할 수 없는 사이 옵스큐어의 척박한 원시 환경으로 말미암아 민덴이나 인접한 유사 기계 문명에 잇따르는 대규모 자연재해에 기적 한 번 베풀지 않는 몹시 냉정한 창조주를 자처하는 듯이 보였다. 말도 안 되는 이유로 연달아 벌어지는 전쟁으로 인해 옵스큐어에 몇 번이나 위기가 닥쳐오는 상황에서도 마찬가지였다. 내가 아는 한 그에게 돌봐야 하는 다른 행성 따위는 있지 않았는데도.

한편으론 그와 전혀 다른 이유로, 그 행성에서 일어나는 어떤 일들에 나는 망치로 뒤통수를 얻어맞는 듯한 충격을 받았다. 그 나노로봇들에게서 내 미래를 본 것 같은 느낌을 받았던 것이다. 달걀에 대해서는 기수가 끝까지 모르는 척해서 말을 꺼내지도 못했지만, 실은 내가 당시의 충격에 압도된 탓이기도 했다. 고심 끝에 나는 정보취득실과 정보보안부에 올리는 보고서에 기수의 창조엔진 개조 개발 주장은 신빙성이 없어 보인다고 썼다. 그런데 무언가를 의도해서 작성한 게 아닌 이 보고가 설마 기수의 운명, 아니 나와 기수의 운명을 그토록 극적인 방향으로 이끌 줄은 꿈에도 생각지 못했다.

보고서를 작성한 날로부터 1년쯤 지났을 때였다. 나는 기수를 데리고 어느 집으로 들어갔다. 빈집의 풍경을 지녔음에도 폐옥의 음습한 기운은 없는 어느 건물로. 나는 기수를 침대와 협탁뿐인 작은 방으로 안내하고 삐걱대는 소리가 심하게 나는 침대에 앉게 한 뒤, 밖에서 의자 하나를 가지고 와 그의 앞에 놓고 앉았다. 기수는 몹시 움츠러들어 외투도 벗지 않고 심하게 몸을 떨었다.

그로선 그럴 만도 했다. 아무것도 알지 못할 거라 여겼고 또 정말로 아무것도 알지 못할 게 분명한 두 직원 심나와 가솔이, 자신을 배신하고 창조엔진의 개발 데이터를 크리짐에 넘기려 했다는 사실을 알았으니까.

나는 기수에게 정보보안부의 누군가가 비밀리에 두 사람과 접촉해 귀가 솔깃해질 만한 제안을 한 것 같다고 설명했다. 그러고 나서 포고, 즉 정보취득실은 창조엔진 운영실이 아닌 창조엔진 개발실이 정보보안부와의 비선을 통해 꾸민 일로 여기고 있다고 부연했다. 상황이 이렇게 된 이상 물리적인 위협이 있을 가능성도 아주 배제할 순 없으므로 당신을 이곳에 데리고 왔어야 했다고도. 기수에게는 문제가 복잡해진 것처럼 보였음이 틀림없다. 그러나 설혹 내 거짓말이 사실이었다 해도, 당사자 가운데 하나인 나조차 그리 큰 위협으로 받아들일 필요는 없으리라. 왜냐고? 심나와 가솔이 무엇을 계획했든 실패할 게 당연했으므로. 앞에서 내가 보고서에 뭐라 썼는지 기억나지 않는가? 기수는 사실상 만든 게 없었다. 그들이 가진 데이터라고 해봤자 매일같이 해온 기본 기능 항목화 기록의 작업물 외에는 아무것도 없었다.

침대에 얼이 빠진 채 앉아 있던 그는 내게 창조엔진 개발에 심한 회의가 든다고 토로했다. 나는 도와주겠다고, 이제 안심해도 된다고 그를 다독이면서 자신이 하려는 일이 얼마나 대단한 일인지 알게 된다면 앞으로 그런 의심 따위는 일절 들지 않을 거라고 말해주었다. 방으로 두 남녀가 들어왔고 나는 그들을 크리짐 그룹의 독과점에 반대하는 과격파 사회운동 단체인 '라텔'의 단원이라고 소개했다. 그들은 스스로를 소개하면서 기수를 향한 과도한 존경심을 표했다. 오리진 우주 내에서 기수가 이룩한 일들, 즉 크리짐의 통제와 규율에서 벗어난 열정적인 창조 활동, 그리고 그로써 크리짐을 당황스럽게 만들고 그들로부터 추잡하고 다급한 움직임을 이끌어 낸 위업은 비록 널리 알려지지는 않았으나 자기들과 같은 반反크리짐 운동에 발을 담그고 있는 이라면 모두가 똑똑히 알고 있는 '대사건'이라는 것이었다. 또한 그들은 강대한 힘을 가진 크리짐에 굴복하지 않고 그토록 당당한 선전포고와 함께 자신의 신념을 밀고 나가려 했던 기수야말로 이 시대의 진정한 창조자이자 영웅이라고 상찬했다.

그 말을 듣고 기수는 비로소 자신이 안전하다고 믿게 된 모양이었다. 그는 조금 마음이 풀린 듯한 얼굴로 고맙다고 말했다. 하지만 그의 마음이 한없이 풀어지지 않기를 바랐던 나는 이렇게 된 이상 당신은 창조엔진을 완성시켜야 한다고 강조했다. 창조엔진을 개발하고 완성하여 세상에 공개하는 일이야말로 자신을 크리짐으로부터 지켜내는 유일한 방법이라고. 다시 무거운 얼굴이 된 그에게 나는 잠입 요원으로서 크리짐에 침투해 있는 나를 포함하여 라텔이 총력을 기울여 창조엔진 개발 작업을 지원할 테니 걱정하지 말라고 했다. 그리고 내 위험을 무릅쓴 선택을 후회하게 만들지 말라는 말을 마지막에 덧붙임으로써 그에게 더할 수 없는 부담감을 선사하는 것도 잊지 않았다. 기수를 침대에 남겨두고 라텔의 두 '동지'와 함께 방에서 나온 나는 아래층을 둘러보았다. 꽤 넓어 보였다. 잡동사니를 죄다 치우고 조금 꾸미면 꽤 괜찮은 사무실이 될 성싶었다.

나는 종종 심나와 가솔의 동태를 살폈고, 이따금 라텔의 안가로 기수를 보러 갔다. 그사이 안가의 1층은 낡은 가구를 모조리 치운 뒤 먼지가 뽀얗게 앉은 마루에다 창조엔진을 가득 채워놓은 기묘하지만 훌륭한 사무실, 아니 개발실, 아니 창조실로 변모해 있었다. 라텔의 수많은 전문 인력 동지들이 기수의 창조엔진 개발 작업을 돕느라 열심인 그곳은 크리짐의 여느 개발실과 견주어도 부족함이 없었다. 열정적인 면에서는 외려 더 훌륭하여 '창조엔진 개발실'이라는 이름을 붙이는 데 한 점 부끄러움이 없게 여겨질 정도였다. 사실대로 말하면 기수의 창조엔진 개발이라는 게 아직은 오리진엔진을 기반으로 한 옵스큐어의 연구와 실험이 전부였기에 '창조실'이라는 말이 더 어울릴 듯하기는 했지만. 여하간 동지들이 뜻밖으로 보인 보기 드문 열의와 호기심, 지칠 줄 모르고 나날이 더해간 열정은 정말이지 대단했다. 그들은 오리진 우주 내에서는 불가능하며 오직 시한부 폐쇄 우주에서만 가능한, 옵스큐어의 백업 데이터를 가지고 행하는 유일(唯一)의 창조로써 기수의 창조 활동을 모방하고, 복기하고, 발달시켰다. 그렇게 그들은 가능한 모든 창조 활동을 실험하면서 무작위성 뒤에 숨은 규칙을 찾아내고자 애썼다. 여기서 '애쓴다'는 말이 내게 좀 어색하게 느껴지는 까닭은 아마 그들이 매우 즐기는 듯한 모습을 시종일관 보였기 때문일 테다.

내가 기수에게서 들은 설명을 바탕으로 이해하면서 지켜본바, 그곳에서는 꽤 흥미로운 일들이 벌어지고 있었다. 그 시점에 라텔의 동지들이 하던 작업은 기수의 옵스큐어와 완전히 동일한 환경에서 여러 가능성을 시험하는 것뿐이었지만, 그들이 기상천외한 형태로 발현시킨 기계 문명의 모습은 민덴을 비롯한 기수의 그것과 유사하면서도 그 깊이나 양상의 풍부함에 있어서는 확연한 차이가 있었다. 광물 원소로부터 탄생한 나노로봇의 표현형 군체들은 더 이상 옵스큐어의 전근대적 문명의 호수에서 복작거리지 않아도 되었다. 비결이라고 할 것도 없었다. 라텔의 누군가가 우연히, 기수가 자신이 사용하는 게 아니라는 이유로 항목에서 제외했던 '기능 트리tree' 하나를 추가로 활성화한 게 다였으니까. 심지어 기본 기능 바로 위 단계에 위치해 있어 창조 활동 중 자연스럽게 개방될 가능성이 높은 기능 트리였다. 사실상 기본 기능이나 다름없었는데, 너무나 당연해서 아무도 시도해 보지 않았을 따름이었다.

이로 인해 자신이 활성화시킨 기능 항목은 오로지 자신의 머릿속에만 있다는 구실 아래 창조엔진의 개발에서 고문 역할을 끝까지 지켜내려던 기수의 필사적인 노력은 허무하게 끝을 맺고 말았다. 기수는 이 기능 트리가 실은 자신의 기본 기능 항목 안에 포함돼 있었는데 잠깐 잊었을 뿐이라며 아직 밝히지 않은 다른 항목들을 공개하겠다고 주장했지만, 내가 심나와 가솔이 작성한 항목과 교차 대조한 바에 의하면 그는 해당 기능 트리를 활성화한 적이 단 한 번도 없었다. 그렇게 기수는 개발 과정에서 물러났다. 하지만 나는 교활하게도 당신은 여전히 창조엔진의 주인이고 영웅이라며 그의 용기를 북돋아 주는 일을 그치지 않았다. 내가 안심시켜 준 덕분에 이번에도 그는 신변의 안전에 대해서는 꽤 마음을 놓는 듯싶었으나 창조엔진의 개발에는 미련이 남는지 개발률이 50퍼센트(어디까지나 그의 자체 추산이다)에 불과한 시점에서 자신이 이대로 손을 떼면 작업이 암초에 부딪혀 좌초할지도 모른다고 우려했다. 당연히 그런 일은 없었다. 오히려 라텔의 동지들은 개발에 속도가 실려 기뻐하는 눈치였다. 이 말이 이상하게 들릴 거라고는 생각하지 않는다. 그러나 혹시라도 상징적 인물의 퇴진이 불러일으킬 변화를 심각한 상황으로 받아들일 사려 깊은 이들이 있을지도 모르니 이렇게만 설명해 두겠다. 기수에게는 또 하나의 비극적인 사실이 될 테지만, 그의 빈약한 상상력이 초래했던 불필요한 제약으로부터 옵스큐어가 비로소 자유로워졌기 때문이라고.

라텔이 기수를 배제한 채 개발에 몰두한 지 3년이 되었을 때였다. 마침내 개발의 완료를 자축하는 파티가 열렸다. '개발의 완료'는 무엇을 기준으로 판단한 것이냐고? 먼저 개발의 최종 테스트 단계로서 시한부 폐쇄 우주에서 시뮬레이션하여 수집한 데이터세트를 별개의 폐쇄 우주 속 '복제 옵스큐어'에 적용해 시운전해 보았다. 그런 다음 수만 년의 가상 시간을 흘려보낸 뒤, 안가에 모인 모든 라텔 동지들은 오리진의 시스템이 옵스큐어의 기계 문명을 모방해 출현자들을 창조해 내는 광경을 지켜보았다. 그리고 자신의 원형인 행성 문명에 과거 주어졌던 그것, 즉 달걀과 유사한 무언가를 제조하여 우주선에 싣고 최하급 티어의 최하위 등급 원시 행성을 찾아 떠나는 순간을 오리진 고스트 관리 프로그램을 통해 목격했다. 이윽고 라텔은 옵스큐어에서 활성화된 오리진의 모든 기능 항목과 그 기능의 적용 순서를 각 경우의 수별로 기록한 데이터를 일일이 대조하여 기계 APC의 생성과 유의미한 인과관계가 있는지 따져보았다. 필연적이라 할 정도로 완벽한 인과를 발견하지는 못했으나 어쨌든 라텔의 동지들은 높은 확률로 인과관계가 형성될 강력한 조합의 수를 추려내는 데 성공했다. 한편 거의 동시에, 오리진의 원래 기능과는 하등 관련 없이 생성된 초대형 버그라 할 광범위한 오류 데이터를 디버깅 가능하다는 사실 또한 밝혀냈다. 창조자와 출현자들의 개입이 있을 경우에 한해, 지속적으로 축적해 둔 리소스를 사용한 순간적이고 폭발적인 연쇄 연산을 통해 난맥상이었던 문제를 해결하는 방법을 비로소 찾아낸 것이다. 그로써 라텔은 창조엔진 개발의 완료를 선언할 수가 있었다.

안가가 온통 시끌벅적한 와중에도 위층의 자기 침대에 여전히 우울한 얼굴로 앉아 있는 기수에게 나는 샴페인이 담긴 잔을 가져다주었다. 그리고 말했다.

"영웅이 됐는데 왜 그러고 있습니까? 당신이 만든 이 엔진의 이름이 뭔지 알아요? '민덴'이랍니다. 우리가 그렇게 정했죠."

나는 민덴엔진은 곧 세상에 공개될 거라고 말했다.

하지만 크리짐의 주의를 끌어서는 안 되므로 보다 신중하게, 조금은 답답하게 느껴질 수 있을 정도로 천천히 배포가 이루어질 수 있으니 참을성 있게 기다려야 한다고도 말했다. 따라서 이곳에 모인 라텔 단원들은 오늘부로 해산하게 될 테지만, 기수는 이 안가에 좀 더 머물러야 한다는 이야기도. 그는 체념한 듯 받아들였으나 앞으로 견뎌야 할 외로움을 이제까지의 소외보다도 더 두려워하는 듯했다. 창조엔진의 개발자를 향한 세상의 궁금증이 최고조에 이르렀을 때 당신은 마침내 세상에 모습을 드러내게 될 거라는 내 말을 들으며 그는 샴페인 잔을 단숨에 비웠다.

며칠 뒤 나는 같은 성공을 축하하는 또 다른 파티에 참석 중이었다. 기수가 샴페인을 들이켜기 바로 직전에 그랬던 것같이 나는 잔을 높이 들고서, 굳이 꾸며낼 필요도 없었던 열정적인 오만함을 몸에 한가득 품은 채 사람들로 그득한 넓은 홀을 활보하고 다녔다. 짧다고는 할 수 없는 개발 기간 내내 시달렸던 부정적 예감이나 불안감이 무색하게, 나는 그곳에서 더 이상 음밀하게 꾸며진 추잡한 계획들을 그림자 속에 숨어 실행하는 하수인이 아니었다. 나는 창조자 수 증가율 정체 문제의 타개책으로서, 아주 조심스럽고 섬세하며 과감하고도 매우 경제적인 계획을 윗선에 제안하고 성공적으로 실현시킨 영웅이었다. 이전에는 얼굴도 구경할 수 없었던 크리짐 그룹의 높으신 분들이 내게 악수를 청하고 내 업적을 칭송했다. 그들은 나를 더는 이름 모를 분신이나 쓰고 버려도 되는 도구 따위로 놀리지 않겠다고, 기꺼이 자기들 안에 품겠다고 약속했다. 그 약속들은 남발되는 모양새와는 다르게 입에 발린 말들이 결코 아님을 본능적으로 알 수 있는, 영광의 명령들이었다.

나는 수많은 여유로운 얼굴의 노인들에게 민덴엔진이 얼마나 손쉽게 각종 기계 문명을 창조하고 관리하며 성장시킬 수 있는지를 설명했다. 여러분들도 이제 오리진 우주의 창조주가 될 수 있다고, 몇 가지 세분화된 직관적인 항목들 가운데 단지 맘에 드는 것을 선택하기만 하면 된다고 말이다. 그 순간 내가 무슨 우스운 생각을 머릿속에 떠올렸는지 아는가? 크리짐의 높으신 분들은 자기들에게 적잖은 부를 안겨주고 있는 오리진을 정작 어떻게 다루는지 전혀 알지 못한다는 점이었다. 그들은 우리의 민덴엔진에서는 결코 표면적으로 활성화되지 않을 뿐만 아니라 아예 블라인드 처리되어 창조자들에게 보이지도 않을, 오리진엔진의 상위 기능 항목과 같은 존재들이었다. 가진 거라곤 결정권밖에 없던 그들에게 비로소 자기들이 만들어 낸 물건을 사용하고, 창조할 수 있는 권한을 내가 선사한 셈이었다. 마치 프로메테우

스처럼.

그 자리의 분위기가 얼마나 희망찼던지는 "민덴엔진의 등장으로 소수에 불과한 창조주들의 전유물이었던 오리진 우주가 비로소 모두의 것이 되었다"라며 "이는 창조엔진사史에서 가장 큰 혁명으로 남게 될 것"이라는 찬사가 내 입을 통해 나온 홍보의 말이 절대 아니었다는 점에서 충분히 알 수 있으리라. 얼마 뒤 단상으로 불려 나간 나는 정보취득실의 일개 현장 요원에 불과한 나의 제안을 받아들여 준 것은 물론 그 계획을 실행함에 있어 나를 믿어주고 밀어준 크리짐 그룹에 감사를 표하며, 마지막으로 이런 건배사를 입에 올렸다.

"이제는 해체된 민덴엔진 개발팀 라텔을 위하여, 자기도 모르게 민덴엔진 개발에 가장 큰 역할을 한 기수를 위하여!"

나는 관료주의에 빠진 크리짐에 나, 아니 우리 포고의 의견을 관철시키기 위해서 해야 했던, 우리가 그동안 모아온 모든 지저분한 정보를 정치적인 차원에서 이용한 일에 대해서는 당연히 한마디도 입에 담지 않았다. 쏟아지는 환희의 한가운데서, 민덴엔진으로 간단히 창조 가능한 여러 기계 문명을 생각했을 뿐이다. 세계의 고리를 구성하는 먼지에 불과했던, 오로지 단일한 목적을 위해서만 존재했던 나노로봇들이 이룩한 각종 세상과 역사의 무대들을. 나는 운 좋게 우월한 표현형으로 나타난 나노로봇 군체들 속에서 기적적으로 태어난 열등의 영웅, 티탄석의 표현형이었다.

그리고 문제가 없었을까? 정보취득실의 일개 요원에 불과했던 티탄석의 영웅은 크리짐 역사상 초유의 포고 요원 출신 창조엔진 운영실장으로서 사사(社史)에 영광스러운 성공 신화를 영원히 남겼을까? 그럴 리가 있겠는가. 민덴문명의 티탄석 로봇들이 맞은 최후를 내가 어떻게 설명했는지 다시 되새겨 보기 바란다.

문제는 벌써 예상되었던, 꺼림칙한 곳에서 결국 발생하는 법이다. 내 경우에는 성공을 영위하는 와중에도 내부와 외부 양쪽에서 내내 풍겨 오던 찜찜함을 끝내 떨칠 수 없었다. 먼저 외부의 문제 가운데 하나를 이야기하자면, 심나와 가솔이 말썽이었다. 그들은 민덴엔진의 개발에 있어서 자기들의 역할이 과소평가되었다고 주장하며 크리짐이 기수에게 어떤 가증스러운 짓을 하면서 그의 창조엔진을 가로챘는지 폭로하겠다고 온갖 황색 언론에 대고 떠들었다. 나는 그들의 노골적이며 요란한 협박에도 불구하고 여전히 그들을 위협적인 존재로 보지는 않았는데, 그들은 여전히 아는 게 없었던 까닭이다. 민덴엔진의 개발 기간 동안 우리는 그들이 혹시라도 훼방을 놓지 못하게 격리하려는 목적으로, 그러면서도 그들이 스스로 내린 결정에 어떠한 불만도 품지 않게끔 달래려는 의도로 다소 무리를 해가며 그들을 크리짐 그룹 소유의 특급 호텔에 묵게 했었다. 그들의 기분을 세심히 살피려 그와 같은 노력을 기울였던 내가 받은 배신감이 얼마나 컸을지 상상해 보라. 다만 이때 나의 실수가 있었다면 그들이 내 생각만큼 우둔한 행동을 하지는 않으리라 여겨 방심했다는 것일 테다. 이것이 그때껏 그들이 자기들의 본질을 잘 숨겨온 결과인지, 아니면 우연한 명석함으로 나타난 흔치 않은 교활함이었는지는 모르겠지만. 하지만 그들이 택한 방법은 결국은 우둔하기 짝이 없었다. 그들은 정보취득실과 결탁했다!

앞에서 쓴 "외부의 문제 가운데 하나"라는 표현을 기억하는가? 참으로 교묘한 시기라 느껴지는데, 이미 언급했듯 정보취득실 내에 이상 기류가 감돌았다. 민덴 엔진의 개발 과정에서 정보취득실이 나를 전적으로 지원해 준 이유가 무엇이겠는가? 크리짐 그룹 내에서 항상 명령에 따라 행동하기만 하는 AI 로봇과 같은 취급을 받았던 그들이 나의 계획을 듣고 정보취득실의 권력을 확장할 기회가 찾아왔다고 판단했기 때문이었다. 그들은 항상 음지에서 양지로 나가고 싶어 했기에. 포고는 자신들이 가진 온 힘과 기술을 동원해 크리짐과 창조엔진 운영실이 나의 계획을 실행하도록 만들었다. 살아남은 자들의 경험에서 추출한 그 자랑스럽지 못한 능력들을 십분 활용해서. 그들은 창조엔진 운영실의 각 부서로 침투하거나, 해당 부서의 상징적 혹은 실무적 요인 다수를 회유하고 협박해 민덴엔진 개발에 힘을 실어주게끔 상황을 조작하는 데 모든 노력을 쏟아부었다. 그러나 포고가 애쓴 결과로 내가 창조엔진 운영실의 수장이 된 뒤에도 '현실적인 이유'로 인해 자기들의 위상에 변화가 생기지 않았음을 깨달은 그들은 내가 심나와 가솔에게 그랬듯이 엄청난 배신감에 휩싸였고, 그래서 나를 '안정화'하기로 결정한 듯싶었다.

그럼 여기서 내부의 문제를 말해볼까? 공교하게도 그 무렵, 민덴엔진에서도 문제가 발생했다. 아이러니하게도 민덴엔진의 폭발적인 사용자 수 증가가 그 원인이었다. 민덴엔진은 기수의 생각처럼 완전 무료로 공개되지는 않았지만 대중 친화적이라는 상품의 특수성을 고려해 처음부터 구매가 혹은 사용료를 거의 무료나 다름없는 낮은 액수로 책정했다. 이 전략은 성공해 민덴엔진은 곧 하나의 사회현상이 되었다. 그야말로 누구나 창조자가 될 수 있는 시대가 온 것이다. 오리진이 창조자에게 기본적으로 요구해 왔던 시스템의 숙지는 민덴에서는 더는 요구되지 않았다. 대단치 않게 행성과 문명을 창조하고는 대수롭지 않게 그것을 파괴하거나 방치하는 얼치기 창조주들로 오리진 우주는 이내 그득해졌다. 온갖 나노로봇 군체 표현형의 문명이 천태만상의 갖은 자유를 누리고, 뽐냈다. 황철석의 나노로봇들이 지배자인 문명의 등장은 발에 챌 만큼 흔했다. 은의 기사들이 철의 성직자들을 무참히 도륙하는 역전된 자비의 세상이 나타나는가 하면, 금강석과 수정이 서로를 혐오하고 부정하면서도 자손 표현형의 발생에는 별다른 문제가 생기지 않는 모순적인 세상도 나타났는데, 어떤 금강석과 수정들은 서로를 증오하는 그 행위를 자기 정체성의 제일가는 본성으로 천명하기도 했다. 티탄석과 자수정과 석영의 문명에서는 심지어 전장에서조차 구별이 불가한 유사 지위를 사회적으로 지니게 된 경우가 목격되었고, 석고와 탄산염의 표현형은 서로를 서로라고 주장하는 기묘한 자기 부정의 자부심에 빠져들기도 했다. 이 현상만 놓고 보면 다양성이라는 측면에서 축복이라고 해야 할지도 모르겠다. 하나 문제는 이것들이 대부분, 오직 말초적 호기심과 악의적인 적극성에서만 비롯한 결과물에 불과했다는 점이다. 창조에 있어 이 정도 수준의 자유를 누리는 데 그 어떤 노하우도, 시스템에 대한 그 어떤 지식도 필요치 않다는 사실이 더 많은 '깊이 없는' 창조자를 민덴으로 끌어들였다. 창조자가 늘어감에 따라 앞서 열거한 사례들 간의 착종을 통해 나온 기상천외한 혼돈의 세계로 오리진 우주는 더한층 발 디딜 틈이 없어졌다.

당연한 이야기지만 민덴의 흥행은 기존 오리진 창조자들에게는 충격적이었다. 내가 간과한 면이 없잖아 있었음을 이제야 인정하지만, 오리진엔진을 이용하는 창조자들은 세계를 알고 파악하고 이해한 끝에야 비로소 자신만의 세계를 창조할 수 있었던 노력과 그에 따른 자부심을 철저히 부정당한 기분이었으리라. 모든 치명적인 문제는 언제나 한 번은 예견되고 검토되었던 것이다. 라텔의 개발팀이 직관화하고 단순화시킨 창조운영법에 뭉뚱그려져 포함된 모#엔진 오리진의 일부 고급 기능들이, 민덴엔진상에서 그 사용 빈도가 폭증할 경우 불러올지 모를 오리진 우주의 밸런스 붕괴를 우려하는 내부의 목소리가 없었던 게 아니라는 말이다. 아니, 분명히 있었다. 하지만 나를 지지하는, 한때 라텔의 주요 구성원이었으며 민덴엔진의 성공 이후 은근히 강한 영향력을 창조엔진 운영실에 행사해 온 신진 세력은 기존 오리진 창조자들의 불만에서 기인하여 나타날 위험보다도 오리진 우주로부터 민덴엔진의 창조 영역을 분리했을 때 민덴의 창조자들이 느낄 박탈감과 그로 인한 창조자 수의 감소를 더 염려했다. 비록 민덴의 모든 것이 오리진 우주에 속해 있었지만, 오리진엔진은 창조엔진 운영실의 기존 권력자들 것이며 민덴엔진이야말로 오롯이 자신들의 것이라고 그들은 여겼기 때문이다.

내 입장은 어땠느냐고? 내가 그들과 입장을 같이하지 않았다면 지금 이런 꼴로 있겠는가? 나는 그들의 강력한 동조자였으며 이 입장에 한해서는 사실상 적극적으로 그들을 이끄는 인도자였다. 전문가가 아닌 모두에게 전문가나 이룩할 수 있었던 고도의 성취와 그에 수반되는 성취감을 제공하자는 것, 그것이 곧 나의 철학이었다. 내 성공을 내가 자평하는 바에 드러났듯이 말이다. 만일 오리진의 창조자들을 위해 내가 이를 부정한다면, 지금의 나를 철저히 부정하는 꼴이 될 터였다. 그들이 민덴으로 말미암아 자기들이 부정당했다 느낀 것이나 매한가지로. 나는 내 철학과 신념을 믿고 나가 오리진 우주의 분리나 폐쇄에 관한 안건을 모조리 무시하고 파기해 버렸다.

그 무렵 나는 신원을 알 수 없는 자들의 습격을 받았다. 내가 누구보다 잘 알고 있는 방식에 의해서. **안정화**. 그러나 내가 그들, 아마도 포고임이 분명한 무리의 습격을 무사히 넘길 수 있었던 이유가 그 공격이 단순히 위협의 성격만을 띤 탓인지, 아니면 내가 그들의 방식을 너무나 잘 알고 있었기에 회피가 가능했던 것인지는 분명치 않다. 나는 그것을 판단하는 일조차 어색해졌을 정도로 그들의 음험한 세계에서 너무나 멀어져 있었으므로. 비록 상징적이긴 했어도 나의 운명을 곧 민덴의 운명과 같은 것으로 여겼던 라텔의 옛 구성원들은, 역시 포고의 현장 요원 출신 인원으로 팀을 꾸려 내 곁을 지키게 했다. 일각에선 그들의 출신을 두고 우려를 표했고 나도 전혀 그런 생각이 들지 않은 것은 아니었다. 하지만 그들과 같은 출신 성분을 가진 자로서 내가 그들을 거부한다면 그 또한 스스로를 부정하는 모양새가 될 테니 그런 걱정을 조금이라도 내색할 수는 없었다. 이 이야기는 여기서 잠시 제쳐두겠지만, 이 말만은 기억해 두기 바란다. 모든 치명적인 문제는 적어도 한 번은 예견되고 검토되었던 것이다, 라는 말.

민덴에서 발생한 또 한 가지 문제가 있었다(지금 생각하면 민덴은 불완전하기 그지없는 시한폭탄이었다). 제멋대로 발달한 민덴의 기계 문명이 마음대로 '문명 보급선'을 만들어 우주에 띄워댄 것이다. 민덴의 '깊이 없는' 사용자들이 의도치 않았기에 그들로선 알 수도 없는 목적에 의해, 기계 문명은 이제는 성소가 된 옵스큐어에 과거 이름 모를 APC가 그랬듯이 제각기 나름의 '달걀'을 우주선에 실어 어딘가에 있을 원시 행성으로 날려 보냈다. 얼마 안 가서, 무작위로 이루어지는 듯했던 이 현상이 특정 조건을 만족하면 활성화된다는 사실이 일부 열성적인 민덴 창조자들의 데이터 수집과 분석 활동에 의해 밝혀졌다. 이 소식은 곧 민덴 창조자 커뮤니티 전체로 확산했고, 이윽고 '달걀 배송'은 오리진 우주 안에서 대유행이 되었다.

민덴엔진의 창조자들은 이제 자기 행성과 문명을 제멋대로, 입맛대로 가꾸는 일에서 더 나아가, 상당한 요행에 의지하더라도 간접적으로 다른 행성에서 문명을 창조시키는 일에 희열을 느끼고 있었다. 여기가 중요하다. 크리짐의 어느 누구도 예상치 못한, 아니 누군가 한 번은 예견하고 우려했을 테지만 아무에게도 말해지지 못한 치명적인 문제, 그것이 "어두운 구름과 같이" 퍼져 나갔으므로. 성간 항해는 기술의 완성에 필요한 문명의 개발 및 발달에 너무나 오랜 시간이 걸리는 데다 거기에 드는 비용만큼의 효과를 기대할 수 없었기에 하급 티어의 창조자들 사이에서는 기피되었고 실질적으로 불가능하다 여겨졌었다. 그런데 그 성간 항해가, 그것도 광속에 가까운 속도로 행해지는 항해가 '달걀 배송자'들에 의해 일반화되면서 오리진 우주 내 창조자들의 시간, 즉 타임라인이 완전히 꼬여버리기 시작한 것이다.

'달걀 배송'에 이 시스템의 본래 주인공이자 그 자체였다고 할 APC, 즉 출현자들로서의 성격이 깊숙이 배어들어 있어서인지 몰라도 달걀 배송자로서 성간 항해를 떠난 나노로봇 군체들은 모(母)문명을 벗어나는 순간 사실상 APC화하는 특성을 보였다. 이러한 특징으로 인해 달걀 배송자들의 항해 과정은 창조자의 활동 범위, 즉 관측 범위에서 벗어나 있었다. 그러므로 나노로봇 군체들의 아광속 성간 여행은 일견 오리진 우주에 별다른 영향을 미치지 못하는 듯싶었다. 하지만 민덴의 창조자들은 창조자로서가 아닌 인간 본연의 호기심 때문에, 자신이 띄워 보낸 우주선을 마치 탑승자처럼 내부 시점으로 빈번히 지켜보거나 심지어 찰나에 불과한 탑승 시점에 오류를 이용한 조작을 가하는 등의 꼼수를 부려 APC화를 피한 각종 나노로봇 군체들을 출현자들화한 존재들 사이에 끼워 태워 보냈다. 이렇듯 우주선 외부와 내부 두 기준계에 동시에 속하는 관찰자가 된 민덴의 창조자들 탓에 오리진 우주 내에서 동시성의 상대성에 의한 균열은 점점 쌓여갔다. 그러다 천문학적인 규모로 거듭되는 오류와 보정의 과부하로, 종국엔 전 오리진 우주가 혼란에 빠지고 말았다.

　나의 든든한 우군이라 생각했던 라텔의 구성원 대부분이 창조엔진 운영실의 엔진 개발자 출신이었기 때문일까? 이제 그들은 오리진엔진과 오리진 우주 시스템의 수정을 강력히 촉구하고 나섰다. 그들은 최소한 개별 창조자 기준의 시간과 오리진 우주의 시간만이라도 유동적으로 구분하고 복수의 폐쇄 우주 안에서 각기 제한적 통합을 적용하는 동기화 알고리즘을 도입하자고 주장했다. 이때 그들의 말을 따라야 했을 것이다. 그래야 했을 것이다. 난잡한 신들의 난립에 의한 오리진 우주의 혼돈은 극에 달해 매번 경신되는 엔트로피의 한계치를 보여주고 있었고, 이제야말로 크리짐이라는 진정한 창조주의 손이 개입해야 마땅한 시점이었으니까. 하지만 내가 그렇게 결정하는 순간 나의 몰락을 자초하고 인정하는 꼴이 되리라는 사실을 알고 있었기에, 나는 예의 내 철학과 신념을 들어 계속 그 의견을 무시했다. 포고가 특유의 기회주의를 발휘해 재빨리 크리짐 그룹 경영진의 화를 부채질하면서 공식적으로 나를 안정화시킬 것을 그들에게 제안한 시기도 이즈음이었으리라고 추정한다.

어느 날 또다시 신원 불명의 이들에게 습격을 받는 일이 일어났다. 공교롭게도 라텔이 붙여준 내 경호원들이 자리를 비운 사이에 벌어진 일이었고 그런데도 목숨을 건질 수 있었던 이유에 대해 나는 이전과 같은, 아니 이전보다 강한 의심을 품을 수밖에 없었다. 이 모든 상황이 기만의 우스꽝스러운 악취를 뿜어내고 있었으므로. 하지만 경호원들은 그런 내 의혹을 야멸찬 대응으로 부정하려는 것 같았다. 아니, 적어도 그렇게 보이려고

하는 듯했다. 그들은 매우 진중하고 엄중한 태도로, 라텔의 지도부와 함께 나의 안위를 주제로 몇 차례의 논의를 가졌다. 그 결과 나는 지금 바로 이곳으로 안내되어, 그들이 안전하다 설명한 공간에서 지내는 중이다.

내가 어디에 있겠는가? 주위를 둘러보면, 아는 풍경이다. 다시는 볼 일이 없을 줄 알았던 그 삭막하고 익숙한 풍경들. 나는 지금 침대에 앉아 있다. 나는 몹시 당혹스러워하고 있다. 이처럼 곤혹스러운 문제가 닥치리라고는 미처 생각지 못했다. 아니, 솔직히 한 번은 예견되었다. 그것도 아주 깊은 수준으로. 내가 세상 물정에 너무 익숙해져 버린 정보취득실의 현장 요원 출신이었기 때문일까? 나도 내 행동을 후회하며 이런 생각을 해보지 않은 건 아니었다. 그러나 아무리 되짚어 보아도 지금의 상황은 내게는 분명 억울한 점이 있었다. 대체 내가 무슨 잘못을 했단 말인가? 적어도 외적으로는 선하고 순수했을 내 의도가 왜 이런 처참한 결과를 불러와야 했다는 말인가? 단지 새로운 창조엔진의 개발에 몰두했을 뿐인데, 왜 내가 생명의 위협까지 받아야 한다는 말인가?

나는 라텔이 제공한 안가의 좁은 침대 끄트머리에 앉아 두 손에 얼굴을 파묻은 절망적인 모습으로 고뇌에 빠졌다. 그때 내 머릿속에, 내가 한 번도 창조해 보지 않은 기계 문명의 로봇들, 특히 티탄석 영웅의 모습이 생생히 떠올랐다. 그러나 누군가가 나의 어두운 외부에서 말을 거는 바람에 내 티탄석의 영웅은 황철석의 저열한 나노로봇 군체 표현형들에 의해 수많은 나노로봇으로, 무수한 광물 원소로 무참히 해체되어 사라졌다. 눈앞엔 원시 행성의 척박한 환경만이 끝없이 펼쳐져 있을 뿐이었다…. 외부의 목소리가 다시 나를 불렀다.

"이봐요, 부론. 시작해야죠."

눈을 들어 내게 말을 거는 사람을 보았다. 두 사람이 내가 앉아 있는 침대 옆에 서 있었다. 심나와 가솔이었다. 나는 일어나 그들과 함께 방을 나갔다. 두 사람의 뒤를 따라 걸으며 난간 아래를 보았다. 한때 라텔의 수많은 이들이 각자 창조엔진을 끌어안고서 민덴엔진 개발에 열을 올리던 그곳은, 그 흔하던 오리진엔진 하나 남지 않은 채 텅 비어 있었다.

"그거 알아요?"

심나가 말했다.

"크리짐이 결국 통합 우주를 포기한 모양이에요. 민덴 우주라는 폐쇄 우주를 만들어서 민덴 창조물을 모조리 쓸어 모아 거기다 집어넣었대요."

"그건 어떻게 알았는데?"

가솔이 물었다.

"네트워크 차폐가 풀리는 순간이 있어요. 브라우저에 주소를 미리 띄워놨다가 그때 기사들을 재빨리 훑었죠."

"흠, 그럼 민덴은 뭘로 수익을 뽑지? 자기들끼리 난장 쳐봤자 금방 질릴 거고, 창조자 수 떨어지는 것도 시간문제일 텐데. 그럼 그 많던 '광고' 기계 문명도 줄어들 테고 말이야."

"확률형 도구 구매요."

"뭐?"

"핵심 기본 기능을 몇 개 막아두고 블라인드 도구의 구매를 유도하는 거죠. 막혀 있던 기능을 활성화시켜 주는 도구요. 미리 만들어 놓은 기계 문명을 넣어둔 달걀을 팔기도 하고요. 도구 박스나 달걀에서 뭐가 나올지는 몰라요. 창조자들한테는 무작위로 보이겠죠. 크리짐 놈들은 안에 뭐가 들어 있는지 알겠지만요."

"그건 도박이잖아?"

가솔이 어이가 없다는 듯이 말했다.

"민덴의 창조자들을 생각해 봐요. 어차피 그런 게 먹힌다구요. 처음부터 오리진 우주와는 완전히 다른 우주일 수밖에 없었어요."

"뭐, 그건 그렇지."

가솔이 고개를 끄덕였다.

"민덴 우주에선 시간 동기화 문제도 해결한 모양이에요."

"그건 또 어떻게 했대?"

"그거야 모르죠. 기사엔 자세히 안 나오니까. 한번 맛본 성간 여행을 창조자들이 포기할 리 없으니 우주선을 띄워 보내고 개별적으로 시간을 흘려보낼 수 있게 한 것 같은데, 어떤 방법을 써서 동기화하는지는 모르겠네요. 왜 오리진은 놔두고 민덴에서만 한 건지도 모르겠고요."

"국소 우주에 가둔 거야."

"네?"

"창조자가 각자의 폐쇄 우주에서 창조 활동을 하게 하고 그걸 표면적으로 중첩시켜서 합친 것처럼 눈속임하는 거지. 그 방법밖엔 없어 보이는데. 그게 들통날 만한 고급 도구는 일단 막아두면 되니까. 그놈들 하는 짓이 그렇지, 뭐."

가솔이 씁쓸한 얼굴로 말했다.

우리는 방 안으로 들어갔다. 침대에 낯익은 사람이 낯익은 절망적인 모습으로 앉아 있었다. 기수였다. 그가 고개를 들어 나를 보았고, 나는 그의 눈이 증오로 타오르는 것을 보았다. 심나와 가솔이 의자 세 개를 가져와 침대 앞에 가져다 놓았다. 나는 두 사람을 따라 주뼛주

뼛 의자에 앉았다.

"시작하죠. 기수 씨, 기본 항목 읊어줘요."

기수는 탐탁지 않은 시선으로 나를 한 번 흘기고는 예의 그 오리진 기본 항목을 암송했다.

'그래, 우린 이제 같은 처지니까.'

심나와 가솔은 기수의 입에서 흘러나온 항목마다 여러 가지 가능성을 덧붙여 나가며 상황을 시뮬레이션하기 시작했다. 예를 들면 이런 식이었다. 기수가 기본 항목을 읊는데 심나가 "잠깐 거기!" 하고 소리친다. 거기서 어떤 하위 항목을 활성화해 보자고 말한다. 그러면 가솔이 "그건 저번에도 해봤는데 안 됐잖아" 하고 말하거나 아니면 거기서 뭘 또 활성화하고 달걀을 여기다 놓고 하면서 여러 가지 실험을 한다. 그러면 또 심나는 "아냐, 아냐. 그건 저번에 해봤는데 안 됐어"라거나 "아, 그거 아주 좋은 시돈데. 그럼 여기서 이 항목을 열고 달걀을 여기로 옮겨볼까?" 한다. 간만에 둘의 의견이 맞았다가 실패할 때면 두 사람은 몹시 시무룩해지고 기수에게 괜한 화풀이를 한다. 때로는 기수가 항목을 잘못 말해 두 사람의 면박을 받기도 한다. 이 모든 과정이 아주 진지한 태도로 이루어졌다. 이들이 뭘 하는지 알겠는가? 그렇다. 이들은 창조엔진을 만들고 있었다. 창조엔진 하나 구할 수 없는 이곳에서 그야말로 순순한 사고실험을 통해서 말이다. 이들이 왜 이런 짓을 다시 시작했는지는 내가 설명하는 것보다는 심나의 말을 빌려 들려주는 편이 좋을 것 같다. 언젠가 그는, 아마도 내게 이 상황을 설명하려는 목적으로 이렇게 말했다.

"민덴엔진은 얼마 안 갈 거예요. 오리진은 다시 소수의 전유물이 되고 말겠죠. 우린 창조엔진을 다시 만들 겁니다. 우리가 여기서 나가면 원래 계획대로 엔진을 무료로 공개할 거예요. 당신 철학이 있듯이 우리 철학도 있는 거잖아요? 아, 왜 여기 껴줬는지 궁금하죠? 당신이 할 일은 우리 무료 공개 창조엔진의 수익 구조를 만드는 거예요. 영광으로 알아요. 우린 세상을 뒤집을 겁니다."

그러자 가솔이 심나에게 말했다.

"그런데 이 사람 믿어도 되는 거야? 저 자식이 한 일을 잊었어? 우릴 배신한 놈이잖아. 크리짐의 끄나풀!"

그러고서 그는 내게 퉤, 침을 뱉었다.

"진정해요. 다 같이 갇힌 마당에. 그리고 세상에, 저 사람 꼴을 좀 보라구요."

심나가 말했다. 세 사람의 시선이 내게로 쏠렸다.

"말도 못하게 만들어 놨잖아요. 저 꼴 안 당한 것만 해도 우린 다행이죠. 크리짐의 만행을 알리는 게 우리 엔진을 홍보하는 데 분명 도움이 될 거예요. 말하자면

저 사람은 우리 홍보부장이기도 한 셈이죠."

그러면서도 그들은 두려워하는 것 같았다. 자신들의 운명이 지금의 내 운명과 같은 것이 될까 봐.

나는 기수를 보았다. 그 순간만은 기수의 눈에도 증오 대신 다른 감정이 실려 있었다.

나는 우리가 창조할 새로운 창조엔진의 이름을 뭐라 붙일까 벌써부터 고민하기 시작했다. 상상만으로도 멋진 일이었다.

에세이-SF와 삶

미래가 아닌 현재의 초월적 범죄들과 SF의 효능

세간의 인식과 달리 햄버거는 꽤 균형 잡힌 음식이다. …라고 나는 생각한다. 이런 믿음을 가진 이가 비단 나만은 아닐 것이다, 라고도 나는 생각한다. 나의 얄팍하기 그지없는 시각 정보와 극소량에 불과한 나름의 데이터를 활용한 하잘것없는 분석에 의하면, '빵=탄수화물'이고 '양상추+토마토=섬유질'이며 '고기패티=단백질+지방'이라는 공식을 쉬이 '관측'할 수 있으므로 그리 여기는 것도 무리가 아니라는 불경의 말로 감히 자위할 수 있으리라. 이와 같은 논리로 햄버거를 위시한 소위 패스트푸드에 부정적인 여러 사람의 인식 전환을 성사한 적은 물론 전혀 없지만, 적어도 내가 햄버거를 선호하며 기피하지 않는 이유로 내세우며 나의 선택권을 사수하는 동시에 타인의 한 끼 식사 메뉴 선택에 영향을 끼치는 데는 드물지 않게 성공했었다. 왜 아무도 궁금해하지 않는 햄버거 얘기냐, 하실 분도 있겠으나 이 글은 햄버거에 관한 단상이 아니라는 점만 일단 밝혀두겠다.

각설하고 내게 가장 먼저 떠오르는 햄버거의 특장점은 무엇인가, 라는 질문을 한다면 역시 최초에 차 안에서 간단히 먹기 위한 음식으로 고안된 만큼 빵 안에 모든 재료를 넣어 한 손으로 집어 먹을 수 있기에 딱히 다른 움직임을 취하지 않아도 식사를 끝마치는 데 하등의 불편이 없다는 점이라고 답하리라. 이와 같은 이유로 햄버거는, 먹는 동안 그것을 집은 한 손과 우물거리는 입을 제외하면 그 어떤 신체 부위의 움직임도 요구하지 않는다. 그리고 이는 편의성 외에도 한 가지 중요한 부가 효과를 가져왔다. 맛을 느끼는 혀의 감각을 빼면 자연스레 먹는 행위에 대한 집중으로부터 정신이 아득히 멀어지며 어떤 초월의 상태에 빠지는 경험이 바로 그것이다. 무엇보다도 이 상태는 결코 깊지 않지만 상당히 다양한 양상을 지닌 공상의 세계로 우리를 강하시킬 수 있다는 데 진정하고 진귀하며 진이한 진가가 있다 하겠다.

여기서 잠시 햄버거가 균형 잡힌 음식이라는 나의 강변을 부연하자면, 이 뻔뻔한 주장에 동의하는 이들이 많을 거라 간주하는 데는 다른 근거도 있다. 건강한 음식에 대한 강요와 패스트푸드를 향한 혐오가 우리 내면에 얽은 취향의 골목 위로 십자포화의 불길을 끝없이 쏟아 내는 오늘날의 식문화에서 햄버거는 아직까지도 자신의 정체성을 거의 본질에 가깝게 지켜내고 있다는 점이 그 근거다. 한 예로, 한때 햄버거와 함께 패스트푸드의 양대 산맥으로 외식 문화에 군림했던 피자의 경우를 들어보자. 그 당시 우리에게 익숙했던 일반의 피자란, 따지고 보면 완전히 분해해도 각기 훌륭한 음식으로 기능할 상이한 부품들을 (마치 사이버펑크물에나 나올 법한 여느 기계 크리처같이) 하나의 반죽에다 잔뜩 얹은 것으로도 모자라 정도에 지나친 소스에 과도하기 짝이 없는 치즈까지 범벅한 데 그치지 않고 심지어 크러스트에 또 다른 음식으로 기능할 만한 무언가를 잔뜩 채워 넣기까지 한, 미국식 혹은 한국식 변종 피자였다. 사실상 피자 반죽 위에 출장 뷔페에 버금가는 만찬을 차려놓은 것이나 다름없던 이 피자의 위상과 슬로푸드로서 나폴리 피자의 위상이 현재 어떻게 뒤바뀌었는지를 생각하면 만감이 교차한다.

그런데 오직 햄버거만은 건강이라는 키워드가 식문화를 선도하는 이러한 시대상에서도 끝끝내 자신을 고수했다. 햄버거의 본질이 바뀌는 것을 햄버거 스스로도, 그것을 즐기는 이들도 허락하지 않은 결과였다. 그럼에도 불구하고 이 음식에 피자와 같은 건강 이슈가 예상외로 심도 있게 불거지지 않은 것은 물론이요, 아무도 그 본질의 훼손을 의심하거나 그것에 의문을 품지조차 않는 이유는 대체 무엇일까? 답은 이미 앞에서, 그것도 적절한 세련됨을 포기한 상당히 노골적인 형태로 나왔다. 햄버거라는 음식이 애당초 '3대 영양소인 탄단지+섬유질'이라는 영양학적 황금 조합의 화신과 같은 존재라는 사실, 그리고 우리가 이러한 사실을 인식의 밑바탕에 깊숙이 깔고 있다는 현실 말이다. 이쯤에서 이는 순전히 내 개인적인 의견임을 물의의 소지를 만들지 않기 위한 의도로 미리 알린다.

한편, 우리가 저작 운동을 통해 햄버거를 위 속에 집어넣은 후 벌어지는 기이한 현상도 이 공상의 제조에 직간접적으로 일조한다. 식도를 통과해 위 속에 들어간 햄버거는, 원래는 물리적인 형상을 갖추고 있던 음식물이라는 사실이 믿기지 않을 만큼 흡사 가상의 공간을 점한 하나의 감각으로 근본 자체가 변화한 양 팽만감에 가까운 엄청난 포만감, 오로지 그 감각으로만 우리의 뱃속을 점거한다. 그러다 놀랍게도, 한동안 이어지던 이 느낌은 거짓말같이 별안간 소멸되며 배가 훅 꺼지는 경험으로 탈바꿈한다. 이 기현상을 단순히 밀가루와 지방의 특정한 소화 형태로 말하기에는 상당한 아쉬움이 들 만치 햄버거는 동일한 재료를 사용해 조리한 다른 음식들보다 이와 같은 양상이 두드러짐을 다수가 공감하리라 믿어 의심치 않는다.

내가 햄버거를 베어 문 뒤에 빠져든 생각은 이런 것이었다. 혹시 우리가 섭취하는 음식물이, 우리가 모르는 존재들의 양분으로 활용되고 있는 것은 아닐까 하는 의심. 영화 〈매트릭스〉에서 기계는 인간을 양분으로 삼지만 햄버거의 단면을 들여다보며 빠진 나의 공상 속에서는 반대로 현실 세계의 우리가, 혹은 현실 세계로 위장되거나 착각된 세계에 선 우리가, 우리가 일으킨 산업의 결과로 만들어진 반半공산품의 음식물을 취식함으로써 실질적으로 우리를 지배하면서도 모종의 이유로 생존에 필요한 필수 영양소를 직접 섭취할 수 없는 환경의 또 다른 세계에 있는 존재들에게 양분을 제공하고 있으리란 거다. 어떤가. 이 가설이라면 앞에서 말한, 뱃속에 들어 있던 햄버거가 갑자기 소멸하는 이유도 완벽하게 설명이 가능하지 않을까? 이에 조금이라도 동의한다면, 여기에 곧바로 몇 가지 설정을 얹어보겠다. 편의상 이 다른 세계의 존재들을 '그들'로 칭한다.

(1) '그들'은 자기들의 신체와 건강 유지에 유리한 영양 조합을 선호한다. 이는 인간의 몸이 요구하는 그것과 상당히 유사하다.
(2) '그들'은 다수가 아니다. 소수만이 살아남았기에 인류의 섭식을 통한 생존이라는 다소 불안한 방법으로 존립할 수밖에 없다.
(3) '그들'은 모든 인간을 배후에서, 지성으로써 지배하는 존재인

만큼 두뇌 활동에 있어 엄청난 양의 에너지를 필요로 한다. 그러나 인간들의 불필요한 의심을 불러일으키거나 자신들의 노예인 인류를 불필요하게 위험에 빠뜨릴 필요는 없으므로, 각각의 인간 개체들로부터 일정량의 영양소를 모으는 방식을 택했다. '그들'은 극소수이고 인간은 다수이기에 가능한 방법이다. (4) 따라서 '그들'이 인간 개체에게서 필요로 하는 영양분을 제외하고, 인간 개체가 자신의 신체 유지 및 활동에 필요한 양을 초과하여 섭취하는 잉여분은 해당 인간 개체에 건강상의 이상을 초래한다. (5) '그들'은 자신들에게 필요한 최적 조합의 영양소 섭취를 위해 인간의 여론을 조작할 수 있다. 같은 맥락으로 앞의 (4)가 이와 같은 시스템에 미칠지 모를 악영향을 방지하기 위한 목적으로 여론을 조작할 수도 있다. 여기서 악영향이란, 인간이 자신의 변형된 신체를 원래의 상태로 돌려놓기 위해 취하는 양분 섭취 제한 등의 의도적 행위를 말한다.

나는 '그들'이 사악한 존재인지 어떤지는 아직 적절한 판단을 내리지 못하겠다. 내 상상은 아직 섭식과 영양소의 갈취에만 초점이 맞춰져 있는 탓이다. 아무튼 역설적이게도, '그들'은 (5)의 이유로 인간의 과영양 상태를 인간 스스로 위험한 것으로 여기게 만들어야 했다. 따라서 대부분 효과적이었으나 때로는 역효과를 불러오기도 했으며 이따금은 역정보가 아닌지 의심이 들 정도로 놀라우리만치 단순한 정보 조작을 통해, 패스트푸드와 액상과당의 위험성을 강조하여 인간들이 그러한 음식을 섭취하는 것을 죄악시하도록 여론을 조장했다. 섭취 제한은 지양토록 하면서, '건강한 식문화'라는 미명 아래 인류가 별문제 없이 꾸준하게 양분을 제공해 주는 노예로서 제 사명을 다하게 만들기 위해 '그들'은 그토록 바지런히도 음모를 꾸며왔던 것이다. 다시 말해 '그들'은 인간이 스스로의 신체 기능을 저하시키지 않고 자신들과 인간 개체에게 적절히 필요한 양의 영양소만을 섭취하게 함으로써 다이어트라는 이름으로 취식 제한 등의 행위를 하지 않도록 상황을 통제하는 한편, 나아가 자신들이 요구하는 최상의 영양소 조합을 자연스레 선호하게끔 여러 교묘한 방법을 써왔다는 이야기다.

패스트푸드로서의 피자와 햄버거의 운명, 그 대조적인 형국에 관해 내가 밝혔던 소견을 떠올려 보겠는가? 진상은 이렇다. 과영양 상태를 부르는 먹거리로서 '그들'의 영양학적 기준에서 탈락한 피자, 정확히 말해 한국식 '혼종' 피자는 그러한 음모에 의해 희생되어 불행하게도 시장에서 퇴출의 수순을 밟고 있다는 것. 반대로 햄버거는 '그들'이 비호하는 까닭으로 자신의 정체성을 굳건히 유지하고 심지어 '거듭' 강화하면서 존재를 공고히 하고 있다는 것. 어떻게 그럴 수가 있었느냐고? 이러나저러나 결국 햄버거는 패스트푸드라는 카테고리에 포함되지 않느냐고? 앞에서 분명히, 재차 말하지 않았는가. **햄버거는 세간의 인식과 달리 꽤 균형 잡힌 음식이라고.** '그들'은 영양적인 밸런스가 제법 잘 잡혀 있으면서도 자신들이 전용하고 나서도 인간에게 충분히 돌아갈 만큼 풍부한 열량을 지녔다는 이유로 가장 선호하게 된 음식인 햄버거를 인간이 배척하지 않도록 만들기 위해, 그것을 특별히 죄악시하지도 않고 그렇다고 끌어올리지도 않는 애매한 위치에 두어 무관심의 영역 안에서 영존할 수 있게끔 인간의 의식 안에 그러한 인식을 심어 놓았다!

여기까지 이야기했으니, 그리고 이왕에 충격적인 진실을 알게 된 마당에, 모두가 공감하겠지만 '그들'에게 지배당하는 피지배종인 인류의 일원으로서 어떠한 방식으로든 저항을 하는 것이 한때는 만물의 영장이었을 인간으로서의 마땅한 도리이자 응당한 긍지감의 발현일 테다. 하지만 동시에 그저 한 인간으로서 그들의 가공할 여론전에 대항할 생각을 하면, 종국에 내가 빠지고 말 무력감이 전개시킬 비극성에 벌써부터 분노의 눈물이 차오름을 부정하지 못하겠다. 하나 그렇다고 해서 어딘지도 알지 못할 그들의 세계로 뛰어 나가 총칼을 든 채 무력으로 저항을 할 수도 없는 노릇이지 않은가. 그렇게 저항은 자존심의 문제로 전락한다.

그러므로 이 순간 본의 아니게 인류를 대표하게 된 나는 바로 이 자리에서, 내가 취할 수 있는 가장 단순하고 효과적인 저항의 방법을 택해야만 한다. 아니, 실은 어떤 예감과 그 모순적인 이유가 되었을 운명의 작동으로 인해 이미 정해진 것이나 다름없는 저항법을 택한 뒤지만. 나는 '그들'에게 완벽한 조합의 영양소를 풍부하게 제공할 기회를 거부하고자, 전부 먹고 나서도 필연적으로 아주 모자란 감이 들 수밖에 없는, 겨우 메달 크기에 불과하여 그것이 품고 있을 영양분도 미미할 게 명백해 보이는, 이제 나를 이루는 요소의 그 무엇과도 일치하지 않는 '주니어'라는 민망한 이름이 붙은 햄버거를 취식했다…. 나는 이를 밝히는 데 일말의 주저함도 없다. 도리어 내가 지금 느끼는 아쉬움의 크기가 곧 그들이 느낄 결핍감과 등가일 거라고 생각하니 마치 세상에 알려지지 않았고 앞으로도 알려질 일 없는 소시민적 영웅이 되어 승리의 메달을, '먹어치우는' 행동으로 획득하고 소유하게 된 듯해 그저 뿌듯할 따름이다.

그러나 인류, 아니 혹은 '우리 인류'의 투쟁사에 거짓말쟁이로 영원한 족적을 남길 수는 없으리. 이제 이 기만의 유희를 그만두고 허심탄회하게 시인하는 수밖에 없겠다. 결과적으로 내 저항의 시도는 무참히 실패했으며, 궁극적으로 '그들'에게 내가 처참히 패배했다는 사실을. 저항도 할 겸 안쓰럽기만 한 개인 자금도 아낄 겸 해서 그토록 작은 크기의 햄버거를 구입해 먹은 절제의 행위가 무색하게, 나는 출입문을 미처 다 나서기도 전에 그만 휴대폰이 '떨어져' 액정디스플레이가 '깨지고' 마는 개인 맞춤형의 매우 효과적인 반격을 받고 말았으니까. 새로운 정부가 지급한 민생회복 소비쿠폰의 액수를 크게 상회하여 수리 비용을 지출하게 되었다는 현실은 나를 크나큰 좌절에 빠뜨리기에 충분했다….

그럼에도 나는 이 상황에 모름지기 필요한 수준의 강도를 지닌 모멸감을 느끼지는 않으리라 냉철하게 다짐하는 중이다. 어쨌든 나는 인류의 당당한 일원으로서 나름의 방식으로 저항을 시도했으므로. SF적 상상력이라 호칭하는 그것이 삶, 즉 일상에 미치는 영향이란 이토록 긍정적이지 않은가.

…이 사내를 보라. 그의 모든 몽상적 증언이 진실로 망령된 것이라고 생각하는가? 어쩌면 그 또한 우리가 인류로 하여금 우리를 망상 속 존재로 여기게 만들려고 보낸 교묘한 공작원일지도 모르는 일인데 말이다. 이 사내가 우리를 위해 자신도 알지 못하는 임무를 수행하고 있었음을 자각하는 순간, 이야기는 비로소 확장될 터다. 과히 억지로 SF, 아니 SF적 상상력이라 호칭하는 그것이 삶에 미치는 영향이란 이토록 긍정적이지 않느냐고 말하는 이 불운한 사내의 현실도피로 이 사연은 일단락되겠으나, SF란 무릇 이 시점에서 '빨간 약'과 '파란 약'이 주어지며 본격적으로 시작되는 법이 아니겠는가.

어느 작가의 글과 권위를 빌려서 이 시들하고 송구한 이야기를 그만 맺을까 한다.

"때때로 도피는 희망이 필요한 시대에 참여의 몸짓으로 승화하기도 한다. 무한한 확장의 가능성을 담보한 상상력에 일상의 모든 것을 대입하여 자기만의 세계와 규칙을 만들어 내는 행위가 현실의 삶으로 불러올 활력, 그것이 우리가 SF에 기대하는 최소한의 효능일 것이다."

2025 제8회
한국과학문학상
심사평

김성중·김희선·강지희·인아영

김성중

소설가. 2008년 중앙신인문학상을 통해 작품 활동을 시작했다. 소설집 『개그맨』『국경시장』『에디 혹은 애슐리』, 중편소설 『이슬라』『두더지 인간』, 장편소설 『화성의 아이』 등을 출간했다.

문턱의 시간, 문턱의 상상력

리미널리티^{liminality}는 인류학 용어지만 요즘에는 학계를 넘어 여기저기서 들려온다. 어떤 존재나 집단이 하나의 정체성을 벗고 새로운 정체성으로 넘어가기 전의 모호하고 불완전한 상태를 일컫는 이 말은 기후변화와 인공지능, 즉 인간을 둘러싼 환경 자체가 바뀌어 가는 이 시기를 압축하기에 알맞은 말이다. 예전의 질서는 무너졌으나 새로운 세계는 아직 오지 않은 '문턱의 시간' 속에 인간은 새로운 불안과 욕망, 도전과 상상력으로 세계에 반응하고 있다. 이런 '반응'을 가장 첨예하고 두드러지게 보여주는 분야는 이야기, 그중에서도 사이언스 픽션이라고 생각한다.

올해는 전년도와 달라진 기준에 따라 복수의 작품을 낸 참가자들을 만나게 되었다. 그래서인지 하나의 아이디어에만 기대지 않고 개성과 필력이 고르게 좋은 작품들을 만날 수 있었다. 한두 명의 작가를 더 포함시킬 수 없는 것이 아쉬울 뿐, 올해도 좋은 글로 투고해 주신 창작자들에게 감사한 마음을 전한다.

단편소설 최종심의 테이블에 올라온 작품 중 「카나트」는 가장 많은 지지를 받았다. 그만큼 이 소설이 그려낸 '하이브리드 신체'의 식민화 과정이 강렬한 인상을 주었기 때문이다. 비 오는 날을 살아보지 못한 아이들, 꿈보다 물을 갈망하는 이들에게 '오아시스' 그룹의 라이더는 매력적인 진로 선택이 된다. 수로에서 물을 길어 탁송하는 회사라 모든 라이더에서 부분적으로 로봇 신체를 무료로 이식해 주는데, 그 결과 15시간을 운전하고도 갈증 한 번 나지 않는 사이보그가 된다는 설정은 설득력이 있다. 미래로 갈 것도 없이, 만약 내가 쿠팡이나 배민 라이더가 되어 여름 한철 생수 배달을 쉬지 않고 돌고 난다면 이 제안에 솔깃하지 않을 수 있을까. 동시대 수많은 플랫폼 노동자들이 겹쳐 보이는 대목이다.

우리는 이런 유의 거래가 어떻게 되는지 이미 알고 있다. 그림자를 판 사나이가 어떻게 되었던가? 영혼을 내주는 대신 악마와 거래를 한 주인공들의 운명은? 걷잡을 수 없어진다. 한번 내주기 시작하면 중간의 좋은 부분만 취하며 끝날 수 없고 '전부 아니면 전무'라는 룰에 따르게 되어 있는 것이 이런 거래의 특징이다. 뇌의 대부분을 제거하고 장기기억에는 업무만 남아 인간화 지수 20퍼센트, 로봇화 지수 80퍼센트로 끝난 아이작은 이제 '나'를 잃고 '노동자'로만 남는다. 존재를 소거하는 이 과정이 너무나 합리적이고 효율적이어서 으스스한 느낌을 준다.

「부표」는 이보다 느슨한 로맨스 소설이지만 심해저 발견을 위해 희생된 '너'에 대한 끝없는 목소리가 울려 퍼지는, 정서가 살아 있는 작품이다. 이 소설의 두 남녀는 연인이 아니다. 그러나 인생의 한때에 존재했던 친밀감을 상실 후에 깨닫게 되는 마음이 전해진다. 깊은 바닷속에 영원히 머물게 된 너를 향해 보내는 나의 기억과 감정은 기술/과학/발전이라는 거창한 프로젝트 위에 부표처럼 떠 있는 연약한, 그러나 분명한 신호일 것이다. 소재는 달라도 가속주의 속에 희생되는 인간에 대한 작가의 일관된 관심을 엿볼 수 있었다.

「옛 동쪽 물가에」와 「'이차원 연결 및 관리에 관한 법률' 시행규칙 개정(안)의 근거에 관하여」를 쓴 이연파 작가는 아이디어가 신선하다. 이 작가는 과거와 미래, 이승과 저승 등 두 경계 사이에서 발생하는 문제를 처리하는 주인공을 공통적으로 내세우고 있다. 시간 여행을 하거나 공간 여행을 하는 주인공의 혼란과 욕망이 소설의 내부를 이룬다.

23세기에 쏘아 올린 인공위성이 6세기 서라벌에 떨어질 위기를 26세기 학자가 가서 막는다는 설정의 「옛 동쪽 물가에」는 『삼국유사』의 한 대목을 SF적으로 '번역'해 낸 스토리라고 할 수 있다. 시간 여행자인 주인공의 위치가 특히 흥미롭다. 그는 수 세기를 넘나드는 미래–과거인이며, 두 시간대가 중첩됐기 때문에 벌어진 일을 처리해야 한다. 불타는 혜성, 혹은 추락하는 인공위성의 궤도를 수정하기 위해 '음성언어'로 지시를 내리는데, 이를 본 화랑들이 '노래를 불러 혜성을 물리쳤다'고 찬사를 보내는 대목도 흥미롭다. 『삼국유사』의 본문이 나오는 엔딩 또한 퍼즐이 딱 맞아떨어지는 쾌감을 준다.

「'이차원 연결 및 관리에 관한 법률' 시행규칙 개정(안)의 근거에 대하여」는 일종의 공무원 소설이다. '서천꽃밭'으로 출장을 다녀오는 지안은 너무나 평범한 공간을 거쳐 이승도 저승도 아닌 경계의 공간, 뼈살이꽃, 살살이꽃, 숨살이꽃이 자라나는 서천화원에 가서 신할락을 만난다. 이것은 모종의 '시험'에 드는 것으로 주인공은 자기의 스타를 잃은 사람으로 설정해 꽃들을 훔치고픈 유혹에 빠진다. 두 작품 모두 고전적인 소재를 SF로 맛깔나게 살리는 작가의 뚜렷한 개성을 보여준다.

「창조엔진」과 「무너진 세계 V」는 과학적인 설정과 언어로 촘촘히 만들어져 장르적 만족감이 가장 높았다. 이 작가는 거대 세계가 지배하는 구도와 그에 저항하는 풀뿌리 개인에게 관심이 있다. 이 과정에서 주인공은 다양한 세계의 주체들과 연결되어 혼란스러우면서도 활기차게 스토리가 전개된다. 「창조엔진」은 무질서의 씨앗이 어떻게 자율적이고 역동적인 방향으로 뻗어나가는지를 보여준다. 외계 문명이 나노로봇 제조기인 '달걀'을 전수해 줌으로써 예기치 않은 변화들이 벌어지는데, 흥미로운 것은 이야기를 들려주는 화자의 위치다. 원래는 주인공을 감시하기 위해 파견되었다가 역할에 충실한 나머지 이중 스파이처럼 변해 창조엔진의 개발을 부추기게 되는 상황에 처한 그는 역설적인 즐거움을 안겨준다. 다만 흥미로운 스토리를 거의 서술로만 일관해 아쉬움이 남는다. 서술에 의존하면 지나간 다음에 들려주는 형식이 되어버려 이야기의 숨이 꺾이고 생동감이 떨어진다는 것을 염두에 두었으면 한다.

그러나 이렇게 빡빡한 서술의 덤불숲을 헤치고 봐도 이야기 제조 능력은 탁월하다. 「무너진 세계 V」는 사람들의 머리를 '오프너'로 구멍을 뚫어 죽이는 '이레이저'의 출몰을 다뤘다. 아내를 잃은 주인공은 이레이저와 싸우는 지하조직 '리얼라이저'에 들어가지만, 이레이저들은 이레귤러가 방출하는 신호에만 끌리는 존재임을 깨닫고 의아함을 느낀다. 결국 이레이저와 내통했다면서 배신자를 처단하는 그들의 방식이 이레이저와 흡사하다는 것을 깨달은 주인공은 아와 피아, 가상과 현실의 식별이 불가능할뿐더러 자신의 삶과 정체성이 어디에 놓여 있는지 혼란에 빠지며 악몽을 종결시킬 유일한 방법을 택한다. 스피디한 전개와 연출로 빨려들어 단숨에 읽게 만드는 작품이다.

끝으로 당선작이 되지 못했으나 내게 인상적이었던 소설을 더 언급하고 싶다. 「소리와 입자」는 과학이론을 상상력으로 바꾸어 이야기 그릇에 담아냈다. 양자의 세계에서 하나의 단일한 미래만 있지 않다는 것을 '희망'으로 번역한 주인공의 애틋한 마음과 딸을 지켜주기 위해 발화를 무기로 경찰과 대치하는 무당 엄마의 마음이 얽히면서 관계의 상호작용이 서로 다른 소리 입자를 만들어 낸다는 '이 소설만의 이론'이 아름답다. 어찌 보면 철학적으로 들리는 존재론을 소리와 파동, 양자의 중첩, 발화의 네트워크 등으로 풀어내어 독창적인 스토리가 되었다. 수상에는 이르지 못했으나 함께 투고한 「호랑이의 맛」까지 보더라도 안정적인 필력에 자기만의 스토리를 만들어 내고 있으니 어디서든 다시 보게 될 미래 작가라는 생각이 들어 지지를 보내고 싶다.

김희선

소설가. 2011년 『작가세계』를 통해 작품 활동을 시작했다. 소설집 『라면의 황제』『골든 에이지』『빛과 영원의 시계방』, 장편소설 『무한의 책』『죽음이 너희를 갈라놓을 때까지』『무언가 위험한 것이 온다』『247의 모든 것』, 에세이 『밤의 약국』『너는 미스터리가 읽고 싶다』 등을 출간했다.

'SF란 무엇인가'라는 질문에 대한 대답들

두 편 이상의 작품을 제출해야 한다는 바뀐 규정 덕분에 올해 중·단편 응모작의 수는 예년에 비해 조금 적었다고 합니다. 기성 작가도 응모할 수 있도록 해서인지, 반대로 장편 응모작의 수는 더 많아졌다는 소식도, 원고를 전달받으며 함께 들었습니다.

한 사람이 두 편 이상의 작품을 제출한 탓에, 심사 방식도 달라질 수밖에 없었습니다. 기존에는 잘 쓴 작품 하나를 고르면 되었지만, 이번에는 한 사람이 낸 두 편 이상의 작품을 골고루 살펴야 했고, 그중 하나가 훌륭하더라도 나머지 작품이 현저하게 수준 차이가 난다면 여러모로 재고해 보는 시간을 가져야 했지요.

중·단편 부문 심사 과정에 대하여 상세히 말씀드리겠습니다. 예심작을 살펴볼 때부터 가장 중점을 둔 것은, 이 작품이 'SF의 본질에 얼마나 가까운가' 그리고 '얼마나 재미있는가'였습니다. 그러기 위해서 'SF란 과연 무엇인가?'라는 기본적 질문에 대하여 다시 생각하고 돌아보는 시간이 필요했고요.

최근 SF의 외연이 확장되면서 나타난 장점은 뚜렷합니다. 문학성이 눈에 띄게 깊어졌고 새로운 독자층이 유입되었으며 다루는 주제도 훨씬 다양해졌죠. 하지만 외연이 지나치게 넓어

지면 결국 경계가 사라지며 본연의 모습이 희미해질 수밖에 없습니다. 물론 개인적으로는 소설 장르 간의 혼합과 교류가 더욱 활발해져야 한다고 믿는 편입니다. 그러나 '한국과학문학상'이라는 타이틀을 걸고 이루어지는 공모전이라면, 기준이 조금은 달라져야 하지 않을까 생각했지요. 현재로서는 거의 유일하다시피 한 '과학문학상' 공모전에서 어떤 작품을 고르는 것이 적합한가? 이 물음에 대해 심사위원들은 매우 긴 시간 의견을 나누었고, 외연의 확장만큼이나 장르의 본질도 중요하다는 결론에 도달할 수 있었습니다.

'얼마나 재미있는가'라는 기준은 어떻게 보면 제 개인적인 의견에 가까울 수도 있습니다. 우리가 처한 세계의 문제를 드러내고 그것을 철학적·윤리적으로 돌아본다는 SF의 장르적 특성 탓에, 어느 날부터인가, SF라면 응당 사회를 비판하고 교훈적인 메시지를 던져야 한다는 믿음이 일종의 도그마처럼 굳어진 듯합니다. 그러나 여러분도 알다시피 문학은 그런 것이 아닙니다. 메시지는 작품 속에서 은연중에 우러나며 책을 덮은 뒤에도 두고두고 마음속에 떠오르는 그 무엇입니다. 전면에 내세우며 강조되는 당위적 명령이 아니죠. 안타깝게도, 매년 심사 과정에서, 메시지를 전달하고 싶다는 조급함이 작품을 짓누르고 압도하는 예를 자주 보게 됩니다. 그런 소설은 설령 훌륭한 구상과 높은 주제 의식을 가졌다 해도, 독자에게는 외면당할 수밖에 없습니다. 그러므로 사실 '얼마나 재미있는가?'라는 기준은 이렇게 바꿔 쓰는 게 더 어울릴지도 모르지요. '(뛰어난 주제 의식과 높은 문학성을 갖췄으면서 동시에) 재미있기도 한 SF는 어디에 있는가?'

이러한 두 기준을 포함한 여러 관점으로 작품을 살핀 결과, 「귀신에 관한 물리적 연구」 외 2편, 「내가 3일 안에 죽을 확률」 외 1편, 「창조엔진」 외 1편, 「백야」 외 1편, 「옛 동쪽 물가에」 외 1편, 「라이프니츠 소나타」 외 1편, 「특이점」 외 1편, 「소리와 입자」 외 1편, 「카나트」 외 1편, 이렇게 아홉 분의 소설을 최종심에 올릴 수 있었습니다.

귀신이라는 초자연적 현상을 과학적으로 탐구해 보려는 사람들에 관한 이야기인 「귀신에 관한 물리적 연구」는 가독성이 높은 흥미로운 소설입니다. 이런 유의 소재를 다루는 작품이 빠지기 쉬운 억지스러운 설정이 없었고, 나름 과학적인 근거를 바탕으로 전개한 점도 눈길을 끌었지요. 같은 작가의 또 다른 작품인 「강철 날개」는 비장미가 흐르는 아름다운 소설이었습니다. 기계 몸으로 대체된 매와 매잡이 사이엔 여전히 믿음과 우정이 존재하고, 그것이 과학기술의 차가움과 묘하게 대조되어 감동을 자아냈습니다.

「내가 3일 안에 죽을 확률」에 태그를 붙인다면 '#생활SF'라고 하는 게 어울릴지도 모릅니다. 유머러스하고 빠른 전개 속에서 우리 일상 깊숙이 파고든 빅데이터의 위험을 자연스럽게 경고하고 있으니까요.

「백야」는 매우 잘 쓴 철학적 SF였지만, 어딘가 모르게 완결성이 부족했습니다. 적응형 변이체 종족이라는 설정은 독특했지만, 소설 자체만 놓고 봤을 때는 주인공 타모르의 긴 여정을 다룬 장편 중 하나의 에피소드를 가져온 게 아닌가 싶었지요. 만약 그렇지 않다면, 타모르의 여정을 다룬 스페이스 오페라를 완성해 보는 것도 좋은 생각일 듯합니다. 작가에겐 그럴 역량이 충분해 보이니까요.

「라이프니츠 소나타」는 문학적 완성도가 매우 높은 작품입니다. 그러나 이 소설을 SF라고 할 수 있는지에 대한 문제를 두고 심사위원 간에 긴 논의가 오갔습니다. 결국, 단순히 '소행성'이라는 소재가 등장한다는 이유만으로 이 작품을 SF라고 보기는 어렵겠다는 결론에 도달했고요. 무엇보다도, 같은 작가의 다른 작품인 「브로큰 샌프란시스코」가 아예 SF와는 거리가 멀다는 사실이 논의에서 중요하게 작용했습니다. 하나는 SF가 아니고, 또 다른 하나는 SF적 요소가 흐릿하다면, 굳이 '과학문학상'의 수상작으로 선정할 이유가 없다고 생각했지요.

「특이점」은 완성도도 높고 가독성도 있었지만, 낯익은 듯한 익숙함이 크게 느껴지는 작품이었습니다. 반드시 특이한 아이디어를 넣어야 할 필요는 없지만, 친숙한 요소를 낯설고 신선하게 느껴지도록 하는 뭔가를 더해준다면 더 뛰어난 SF가 되리라 믿습니다.

「소리와 입자」는 인간의 자유의지와 무속신앙을 독특하게 해석한 재미난 소설입니다. 양자론을 변형하여 '소리'에 적용한 아이디어는 신선했지요. 하지만 그 자체가 과학적이지 않다는 것이 문제였습니다. 차라리 작품의 배경을 다른 우주로 설정하고 그곳에서는 다른 과학 원리가 작용한다고 풀어갔으면 더 좋지 않았을까 하는 아쉬움이 남더군요.

취업에 실패한 대학생 기수가 가상 행성을 만들다가 우연히 시스템 버그를 발견하는 이야기로 시작하는 소설 「창조엔진」은 재미있는 SF입니다. 기수는 APC 문명이 남긴 달걀 모양의 나노로봇 제조기에서 새롭고 체계적인 문명이 탄생하는 현상을 목격하는데요, 사회의 거대한 흐름 속에서 자칫 무의미하고 쓸모없는 존재로 여겨지기 쉬운 주인공이, 마찬가지로 의미 없어 보이는 APC 문명을 통해 뭔가를 이루려고 하는 설정은 독자에게 독특한 울림을 선사합니다. 작가의 다른 소설인 「무너진 세계 V」 또한 비슷하게 가상현실과 현실 사이의 경계 문제를 다루고 있는데, 두 작품 모두 고른 작품성과 완성도를 보여

준다는 점에서 심사위원들에게 높은 평가를 얻을 수 있었지요.

통일신라 시대 향가와 시간 여행이라는 소재를 멋지게 엮어낸 「옛 동쪽 물가에」는 흥미롭고 발랄한 SF입니다. 옛 노래의 풍취를 살리면서도 과학소설의 본질에 충실했고, 둘을 연결하면서도 전혀 억지스럽지 않은 이 작품은 당연히 심사위원들에게 고른 지지를 얻었습니다. 또 다른 작품인 「'이차원 연결 및 관리에 관한 법률' 시행규칙 개정(안)의 근거에 관하여」에서도 일관된 정서가 흘렀는데, 이를 통해 작가가 가진 세계관의 일면을 엿볼 수 있었지요. 자신이 가진 세계관을 글쓰기에 자연스럽게 적용한다는 것은, 그가 준비된 작가라는 사실을 보여주는 방증 중 하나일 겁니다.

「카나트」는 처음부터 모든 심사위원이 만장일치로 지지한 작품입니다. 물건을 배달하고 수송하는 일을 하는 (거의 사이보그나 마찬가지인) 한 존재와, 물이 부족한 사막지대에서 살아가는 (어느 미래의) 한 소년은, 결말에 가서 충격적인 반전과 함께 조우합니다. 사실 이 작품은 상당히 많은 미덕을 갖추고 있습니다. 정제되고 깔끔한 문장과 군더더기 없는 전개, 깊고 철학적인 주제 의식과 사회를 되짚어 보는 예리한 시선 등이 그것이죠. 하지만 이 소설의 진짜 매력은 다른 데에 있습니다. 끝까지 눈을 떼지 못하게 만드는 재미와 심장을 울리는 마지막 장면은,

심사위원 전원에게 깊은 인상을 남겼지요. 같은 작가의 다른 작품인 「부표」는 「카나트」에 비하면 평이했으나, 완성도 높은 수작이라는 사실에는 모두 이의가 없었습니다.

이와 같은 논의 끝에, 「창조엔진」 외 1편, 「옛 동쪽 물가에」 외 1편, 「카나트」 외 1편이 이번 한국과학문학상 수상작으로 선정되었습니다. 앞으로 세 분이 써낼 수많은 멋진 SF를 미리 기대하며, 이 글을 마칩니다. 축하합니다.

강지희

문학평론가. 2008년 조선일보 신춘문예로 비평 활동을 시작했다. 평론집 『파토스의 그림자』를 출간했다.

시스템 속 전전반측

이번 제8회 한국과학문학상부터는 심사 방식이 달라져 최종적으로 단편소설 세 편만을 선정하게 되었다. 일정 수준 이상의 작품들 중에서 단 세 편을 고르는 일은 생각보다 쉽지 않았다. 그러나 결과적으로 가장 밀도 높고, 서로 다른 색채를 가진 작품들이 모인 듯하다.

「카나트」는 심사위원들의 고른 지지를 받아 가장 빠르게 합의가 끝난 작품이었다. 처음부터 믿음을 주는 문장력과 분위기를 세공하는 능력이 돋보였다. 사막화된 기후나 계급이 양극화된 미래 배경은 SF에서 낯설지 않지만, 한 인물이 점차 하이브리드 로봇으로 변해가는 과정을 통해 오늘날 물류 자본주의의 폐해를 드러내는 솜씨는 탁월하다. 이 소설은 로봇화를 단순히 인간의 기계화나 노동의 소외, 윤리 체계를 실험하는 새롭고 놀라운 장치로 다루지 않는다. 오히려 인적 자원 관리와 투자라는 명목 아래 정교하게 채무를 지우며 수탈해 가는, 아주 오래되고 낯익은 통치 질서의 거대한 몸집을 조금씩 드러내도록 만든다. 홀수 장에서는 어린 시절을, 짝수 장에서는 라이더로 일하는 현재를 교차해 보여주는 방식 역시 시스템으로부터 탈주할 가능성과 그것이 증발한 현재를 대비하는 데 효과적이었다. 작은 가능성이었던 '카밀'과의 조우는 짧고 건조하게 처리된다. 사고로 성장이 멈춘 카밀은 시스템에서 '누락'되어 정주하는 인간의 신체로 남았고, 반대로 시스템으로부터 '선발'된 아이작은 이동을 위한 과잉 개조 속에서 인간의 신체마저 잃었다. 결국 인간은 이처럼 강고한 시스템 아래에서 그저 쓰이다 버려질 수밖에 없는 존재인 것일까. 그러나 소설은 아이작의 무의식에 작은 희망을 걸어둔다. 이상한 경보음으로 남은 어린 시절의 기억은 희미하게 떠돌 뿐이지만, 동시에 자명해 보이는 세계에 균열을 내는 소리이기도 하다. 개인이 구조를 부술 수 있다는 지나친 낙관에 기대지 않고, 그렇다고 무력하게만 머무르지도 않는 이 소설의 균형 감각이 미덥다.

「옛 동쪽 물가에」는 타임워프를 통해 26세기에서 6세기 한반도로 넘어가며 구성된 대체역사 SF다. 주인공은 기지를 발휘해 서라벌 하늘에 추락하는 23세기 인공위성을 다른 방향으로 돌려놓는 데 성공하며 구원자의 형상을 띤다. 다만 이 인물이 사건을 해결하는 방식이 과거를 체감하고 뭔가를 배움으로써 이루어지기보다는, 미래를 더 진보적으로 전제한 채 시혜적으로 개입하는 듯 보인다는 예리한 지적도 있었다. 그러나 소설은 주인공을 영웅이라기보다는 온갖 제약 속에서 묘수를 꾀해야 하는 사무원의 고충과 닮은 것으로 그려내며, 의도치 않은 우연이 겹쳐 역사 속 퍼즐의 일부가 되는 순간을 목격하는 쾌감을 전달해 낸다. 이 소설을 흥미롭게 읽어내는 길 중 하나는 문자라는 매체에 대한 문제의식을 따라가 보는 것이다. 문자가 더 이상 철옹성처럼 진실을 안전하고 완벽하게 옮길 수 있는 매체가 아님을 드러내면서, 그 틈새를 파고드는 사건 속에서 음성 대화나 번역을 적극적으로 활용하는 방식은 최근 급격히 변화하는 매체 환경을 의식한 장치다. 6세기의 존재들에 대한 묘사에서 드러나는 무지에 대한 겸허함, 나아가 데이터로 정의되지 않는 인간의 면면에 대해 다가가려는 작가의 호기심과 재기가 앞으로 다른 작품에서 어떻게 발현될지 기대된다.

소설에도 표정이 있다면, 「창조엔진」의 표정은 시치미를 떼는 사고뭉치의 얼굴일 것이다. 작품은 '기수'라는 한 백수의 잉여력과 몽상적 야심이 만나 벌어지는 사건에 주목한다. 기수는 게임 시스템의 규칙을 우습게 여기고 꼼수를 쓰는데, 그 과정에서 우연히 버그를 찾아낸다. 하급 티어조차 되지 못하는 존재들에게 시스템이 베푼 작은 측은지심은 놀라운 반전을 불러온다. 나노로봇이 탄생하고, 그 군체가 사회를 이루며, 기계 문명의 발원지가 되고, 급기야 문명 간 싸움으로 확산되는 과정은 시스템의 구멍에서 일어나는 기적을 더없이 유쾌하게 그려낸다. 스스로 꼭두각시를 자처하며 수동성과 무지를 강조하던 화자 '부란'의 정체가 드러나는 순간이나, 그렇게 새로 창조된 세계 역시 끝없이 팽창하다 엔트로피의 한계치에 도달해 꺾여버리는 과정에서 이야기를 섞고 풀고 엮는 솜씨가 상당했다. 이 모든 것이 소수의 시스템 점유자에 대한 반란인지, 아니면 무의미한 한바탕 소동극인지 끝내 시치미를 떼는 표정이 오래 기억에 남는다. 게임에 관심 있는 독자에게는 소설적으로 변용된 작은 스펙터클을, 게임을 잘 모르는 독자에게는 반전이 거듭되는 즐거운 소동극으로 다가올 작품이다.

인아영

문학평론가. 2018년 경향신문 신춘문예로 비평 활동을 시작했다. 평론집 『진창과 별』을 출간했다.

세계를 만드는 손, 세상을 남기는 눈

어떤 문학상이든 예심에서는 좋은 작품을 음미하기보다는 덜 좋은 작품을 가려내는 데 집중하게 되는데, 이번 예심에서는 응모작을 감상하게 되는 드문 경험을 했다. 예심에서 「브로큰 샌프란시스코」와 「라이프니츠 소나타」를 읽자마자 뭔가 다른 소설이라고 느꼈다. 우선 문장이 매우 정교하면서도 깔끔했고, 전달하려는 메시지, 섬세한 묘사, 세련된 스타일도 작가로서의 역량을 이미 증명하고 있다고 생각했다. 그래서 본심에 올리기까지 특별한 고민이 필요하지 않았고 당연히 수상작이 되어야 한다고까지 여겼다. 하지만 막상 본심에서 '이 작품의 완성도가 높은 것은 인정하지만 SF로 분류되기는 어렵겠다'는 다른 심사위원의 의견을 반박할 만한 근거를 찾아내지는 못했다. 이 응모자는 다른 문학상에서도 수상할 가능성이 높겠지만, 오늘날 새로운 SF 작가를 발굴하는 귀한 통로인 한국과학문학상에서는 SF의 장르성 자체를 탐구하는 작가에게 수상의 기회가 주어져야 한다는 의견에도 동의하지 않을 수 없었다. 그럼에도 상이란 언제나 운의 몫이 크게 작용하곤 한다는 것을 알아 아쉬움이 남는다. 비非수상작이므로 줄거리를 자세하게 적을 수는 없으나, 「브로큰 샌프란시스코」와 달리 「라이프니츠 소나타」

에서 SF적인 요소가 쓰이지 않은 것은 아니다. 화자가 가상의 근미래를 배경으로 시간의 비선형적인 흐름을 통해 초현실적인 경험을 하는 데 블랙홀, 중력장과 같은 물리학 개념이 쓰이기 때문이다. 다만 그것이 실제로 작동하는 원리나 현상으로 구현되어 있다기보다는, 개인의 무의식과 감정을 탐색하는 비유적인 장치로 쓰이는 데 가까워 보였다. 그러나 일상적인 물질에 느닷없이 빨려 들어가 한 인간의 정체성과 감정의 기원을 되짚어 나가는 환상적인 체험이 남긴 강렬한 여운은 흔한 것이 아니라고 생각한다. 늦지 않게 이 작가의 다른 작품을 더 읽을 수 있기를 바라고 있다.

본심 수상작 「창조엔진」은 취업 준비 중인 대학생 '기수'가 자신만의 창조엔진을 개발해 이 세상에 무료로 배포하려는 도전을 담은 흥미진진한 소설이다. 기수는 거대 그룹의 상업적인 창조엔진 모델을 참조로 삼기도 하고, 가까운 동료를 설득해 자신의 프로젝트에 참여시키기도 하며, 거대 기업의 정보기관에 의해 감시받는 위험에 처하기도 한다. 기계 문명 시뮬레이션을 통해 새로운 창조엔진을 만들겠다는 기수의 꿈은 이상주의적인 몽상처럼 보이지만, 거대 자본의 통제와 정치적인 음모 등에 휘말리면서 현실적인 한계에 부딪힌다. 그 과정에서 소설의 문제는 '창조란 무엇인가'라는 철학적 질문에 더해 권력, 계급, 욕망이라는 심리적·정치적 질문으로 확장된다. 기수가 마냥 순수하고 이상주의적인 인물이 아니라 무력감과 욕망을 지닌 캐릭터로 그려지고, 서술자인 '나'가 이 모든 사건을 둘러싼 외부이자 내부라는 이중적인 시선을 보여주고 있어, 소설의 입체감이 든든하게 살아 있다. 다만 개인적으로는 이 소설 안에서 해소되지 않는 질문이 많다는 아쉬움이 있었다. 여러 갈래의 서사가 겹겹이 쌓여 있는 간단치 않은 구조인데, 그 디테일이 독자로서 잘 그려지지 않았다. 이를테면 '창조엔진'이 구체적으로 무엇인지, '외부로부터의 안정화'는 어떤 방식으로 이루어지는지, '무료 공개 창조엔진'이라는 발상에는 어떤 위험 요소가 있는지, 그런 결정을 내린 기수의 내면에는 어떤 일이 벌어지고 있지 등이 두루뭉술하게 처리되고 있다는 인상을 받았다. 그런 부분이 소설에서 불필요하다고 여겨져서 생략한 것인지, 아니면 작가의 머릿속에는 당연하게 존재하지만 언어적으로 구현하지는 못한 것인지는 구별될 수 있고 또 그래야 한다고 생각한다. 하지만 달걀 모양의 나노로봇 제조기에서 나온 작은 나노로봇의 군체가 각기 다른 문명으로 발전해 나가는 우화적인 상상력은 작가로서의 에너지와 잠재력을 충분히 짐작하게 했다.

「옛 동쪽 물가에」는 26세기의 연구원 한소담이 6세기 신라시대로 '타임워프 파견'되면서 벌어지는 타임워프 모험 서사다. 외계 생명체의 존재 가능성을 찾기 위해서 '전갈자리 알파성 안타레스'의 광량 변화를 분석하기 위해 과거로 떠난 한소담은

'하늘이르기'라는 이름의 비구니로 살아가다가 인공위성 낙하를 막아낸다. 이 소설은 이런 흥미로운 질문에서 시작된다. 과학자가 인류학자가 되면 어떤 일이 벌어질까? 고대 사회의 생활을 미시적으로 체험하는 면면이 무척 흥미로웠다. 감잎차를 마시는 장면, 향찰 번역기가 작동하는 방식, 화랑들과의 교류와 같은 작은 에피소드들도 풍부하게 채워져 있어서 미래가 과거를 관찰한다는 설정에 디테일을 생생하게 살렸다. 그렇다고 이 소설이 타임워프의 재미에서 그치는 것만은 아니다. 과거의 모든 것을 기록해야 한다는 엄격한 규정은 과학기술이 인간 사회의 모든 것을 측정·통제하려는 문제를 넌지시 드러낸다. 하지만 주인공은 이러한 구조 속에서도 인간의 윤리는 데이터화되지 않는다는 것을 보여주고, 사랑은 위기 속에서도 아름다운 결단을 만들어 낸다. 『삼국유사』의 '융천사혜성가'를 외계 생명체의 추적을 위한 관측이라는 SF적인 설정으로 재해석하는 결말도 신선했다. 결말이 다소 급하게 끝난다는 인상이 없었던 것은 아니지만, 고대의 기록과 미래의 마음이 교차되면서 만들어지는 여운이 짙었다. "시간 여행은 일종의 독서"라는 비유는 하늘이르기뿐만 아니라 이 소설을 읽는 독자들에게도 유효하다. 하늘이르기가 종이 접은 자국을 남겨 과거를 손상시킬까 봐 두려워하면서도 모험을 감행했듯이, 우리 역시 이 소설을 통해 시간이라는 페이지를 조심스럽게 넘기면서 기록 너머의 세계로 떠나볼 수 있다.

앞서 예심에서는 좋은 작품을 감상하게 되는 경험이 드물다고 말했지만, 이번 심사에서 그런 경험을 하게 해준 다른 작품이 하나 더 있었다. 「카나트」는 앞의 몇 페이지만으로도 이미 내 마음속에서는 당선작이었다. 무엇보다 문장이 덜어 낼 구석이 거의 없이 단정하고 아름다웠기에 그야말로 음미하면서 읽을 수 있었다. 문장뿐만 아니라 세계관, 주제, 전개 모두 탁월했다. '카나트'라는 고대 수로 기술을 중심으로 구축된 이 디스토피아 세계관에는 생태와 계급 문제가 정교하게 결합되어 있다. '나'의 할아버지는 손자에게 물이 곧 생명이라고 말한다. 하지만 여기에서 물은 생명일 뿐만 아니라 돈이자 윤리다. 자연이 희소한 자원이자 자본이 되어 부유한 이들에게 배분되는 동안, 어떤 사람들은 자본의 논리를 가속화하기 위해 생체 실험의 대상이 된다. 수분 섭취가 필요 없어진 신체는 노동 효율성을 얻는 대신 인간으로서의 삶을 잃는다. 기후위기가 자연을 자본화할 뿐만 아니라 인간을 계급화하는 모습은 과거의 특정한 배경이 아니라 현재 혹은 미래에 만연한 현실일 것이다. 그러나 이 소설을 읽고서 내게 가장 오래 남은 것은 할아버지를 잃은 뒤 망가져 버린 세상을 이해해 보려는 소년의 골똘한 시선이었다. 그 시선에는 슬픔만이 아니라 온기가 담겨 있었다. 그것만으로도 나는 이미 마음을 빼앗겼던 것 같다. 귀한 소설을 보내주신 모든 분들께 감사의 인사를 드린다.

2025 제8회 한국과학문학상 수상작품집
ⓒ 고선우·이연파·최장욱, 2025. Printed in Seoul, Korea

초판 1쇄 찍은날	2025년 9월 12일
초판 1쇄 펴낸날	2025년 9월 19일
지은이	고선우·이연파·최장욱
펴낸이	한성봉
편집	김학제·안태운·박소연
콘텐츠제작	안상준
디자인	최세정
마케팅	오주형·박민지·이예지
경영지원	국지연·송인경
펴낸곳	허블
등록	2017년 4월 24일 제2017-000050호
주소	서울시 중구 필동로8길 73 [예장동 1-42] 동아시아빌딩
페이스북	facebook.com/dongasiabooks
인스타그램	instargram.com/dongasiabook
트위터	twitter.com/in_hubble
블로그	blog.naver.com/dongasiabook
홈페이지	hubble.page
전자우편	dongasiabook@naver.com
전화	02) 757-9724, 5
팩스	02) 757-9726
ISBN	979-11-93078-66-2 03810

※ 허블은 동아시아 출판사의 문학 브랜드입니다.
※ 제8회 한국과학문학상은 비상교육의 후원을 받았습니다.
※ 잘못된 책은 구입하신 서점에서 바꿔드립니다.

만든 사람들	
책임편집	안태운
크로스교열	안상준
표지디자인	이승정
본문디자인	최세정